KB067504

세상에서 가장 비싼 소설

〈K-픽션〉 시리즈는 한국문학의 젊은 상상력입니다. 최근 발표된 가장 우수하고 흥미로운 작품을 엄선하여 출간하는 〈K-픽션〉은 한국문학의 생생한 현장을 국내외 독자들과 실시간으로 공유하고자 기획되었습니다. 〈바이링궐 에디션 한국 대표 소설〉 시리즈를 통해 검증된 탁월한 번역진이 참여하여 원작의 재미와 품격을 최대한 살린 〈K-픽션〉 시리즈는 매 계절마다 새로운 작품을 선보입니다.

The K-Fiction Series represents the brightest of young imaginative voices in contemporary Korean fiction. This series consists of a wide range of outstanding contemporary Korean short stories that the editorial board of *ASIA* carefully selects each season. These stories are then translated by professional Korean literature translators, all of whom take special care to faithfully convey the pieces' original tones and grace. We hope that, each and every season, these exceptional young Korean voices will delight and challenge all of you, our treasured readers both here and abroad.

세상에서 가장 비싼 소설
The World's Most Expensive Novel

김민정 | 전승희 옮김
Written by Kim Min-jung
Translated by Jeon Seung-hee

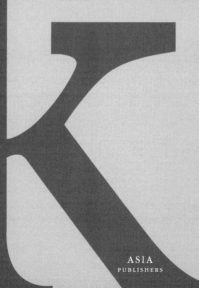

ASIA
PUBLISHERS

차례
Contents

세상에서 가장 비싼 소설
The World's Most Expensive Novel

진분홍빛 보드에 새하얀 키(Key)가 빼곡하게 박혀 있다. 그 모습이 마치 씨가 알알이 박힌 잘 익은 석류를 연상시킨다. 이보다 화려하고 감각적인 컬러의 노트북이 있을까. 삼성전자 센스 NT300V3A-A16P 라즈베리 핑크. 출시된 지 몇 년이 지났지만 무채계열 일색인 시중의 노트북 중에 단연 돋보인다. 상큼하고 톡톡 튀는 라즈베리 핑크 외에도 강렬하지만 세련된 시크 블랙, 지적이고 차가운 스모키 실버, 시원하고 도시적인 알래스카 블루, 생기 있고 발랄한 바이탈 오렌지 등 총 다섯 가지 컬러가 현재 판매 중이다. 성능보단 디자인, 그러니까 미적 기능이 특화된 노트북이다. 예술가를 포함해

Snow-white keys tightly covering a magenta board. It reminds me of a ripe pomegranate full of white seeds. Could there be any notebook computer more splendid and sensual than this one? Samsung's Sense NT300V3A-A16P raspberry pink. Although it has been a few years since it came on the market, it still stands out among the mostly achromatic notebook computers. Along with "fresh, color-popping" raspberry pink, it is available in five colors altogether, including the intense yet refined chic black, intellectual and cold smoky silver, cool and urban Alaska blue, and lively and energetic orange. This is a model that focuses more on design than capability, that is, it specializes in an aesthetic

심미안을 가진 사람이라면 누구나 탐낼 만한 아이템이 랄까.

라즈베리 핑크 키보드에 조심스럽게 손을 올린다.

두 개 혹은 세 개의 자판을 누르면 하나의 글자가 만들어진다. '소'나 '설'과 같은.

작가란 모름지기 글을 쓰는 행위를 통해 자신의 존재 가치를 증명하는 사람이다. 서른다섯의 김 과장이 아침 일곱 시에 일어나 회사에 출근해 야근과 회식으로 이어지는 기나긴 하루를 버티는 것처럼 작가는 'ㄱ'에서부터 'ㅣ'까지 스물네 개의 자음과 모음을 하나씩 곱씹으며 글자를 조합해나가는 지난한 과정을 견뎌낸다. 그것은 남자친구가 성탄절 선물로 준 2만 조각짜리 퍼즐을 맞추는 일과 유사하다. 좋아서 시작한 일이지만 결코 좋은 마음만으로는 완성하기 어려운 것이다. 그런 게 바로 소설이다. 그 생각은 오늘도 변함이 없다.

한 글자당 오십 원.

원고료를 글자 수로 나눠봐야겠다는 생각이 든 건 청탁 한 번 없이 봄과 여름, 가을과 겨울을 보낸 다음이었다. 등단하고 삼 년 만에 시상식에서 했던 소감을 떠올려야 했다.

function. We might say that it is an item anyone with a refined aesthetic sensibility, including artists, would covet.

A few keys struck in sequence form a word, like "novel."

A writer is a person who proves the value of his or her existence through the act of writing. A 35-year-old Department Chief Kim endures a long day that begins with waking up at 7 A.M. to go to work and ends with overtime and a company meal. Likewise, a writer endures the hard work of assembling letters, reflecting seriously on each and every consonant and vowel in the alphabet, from A to Z. It is similar to the work of piecing together a 20,000-piece puzzle that your boyfriend gave you as a Christmas gift. Although you begin to work on it excitedly, it is hard to complete it as happily. That is a novel. That is still my view today.

Five cents per letter.

It dawned on me to divide a manuscript's fee by the number of letters after passing through the entire four seasons—spring, summer, fall, and winter —without a single commissioned writing assignment. I could not help remembering what I had said at an awards ceremony three years ago.

I finally got a job.

드디어 제가 취직을 했습니다.

올리브색 원피스를 입은 서른두 살의 나는 마이크 가까이 입을 가져다 댔다. 당선소식을 듣고 부모님께 이렇게 말씀드렸습니다. 사대보험에 가입이 된다거나 보너스를 받는 것은 아니지만 평생 해고당할 걱정 없는, 아주 좋은 평생직장에 취직되었다고 말입니다. 소설가란 타이틀이 제게는 대기업에 취직한 것보다도 기분 좋은 일이었습니다. '하지만'이란 접속사를 힘주어 말하고 나서 나는 강당 뒷좌석에 앉은 엄마를 바라보았다. 할 수만 있다면 엄마의 배를 째려보고 싶었다. 회사를 그만두고 내가 글을 쓰겠다고 했을 때 엄마는 오른손으로 자신의 배를 세게 내리치며 절규했다. 이게 잘못된 게지. 이 속에서 나온 것들이 죄다 이 모양인 걸 보면. 회사를 왜 안 다녀. 남들 다 하는 취직을 왜 내 자식들만 안 하냐고. 엄마의 주름진 손이 내가 태어난 그곳을 때릴 동안 나는 은은한 향이 풍기는 부드러운 손을 끊임없이 꼼지락거렸다. 손을 씻고 나서 나는 매번 잊지 않고 록시땅 핸드크림을 챙겨 발랐다. 록시땅 제품은 20%의 풍부한 시어버터를 함유하고 있어 촉촉함이 오래 지속된다. 아이돌 걸그룹에게 예쁜 얼굴과 섹시한

The 32-year-old me, wearing an olive dress, brought my mouth near the microphone. *After I heard the news, I told my parents that I got a great permanent job from which I would not be fired, but I would get neither company-sponsored insurance plans nor bonuses. The title "novelist" made me happier than a job at a large corporation.* After stressing the conjunction "but," I looked at my mom sitting at the back of the auditorium. I wanted to glare at my mom's belly, if I could. When I had told her that I quit my job to become a writer, she had struck her belly hard with her right hand and said: "Something must be wrong with this. All of you that came out of here are like this. Why quit a job? Why do only my children not work at a company like all other children?" While my mom's wrinkly hand was striking her belly, from which I came out, I continued to move my fragrant hands leisurely. After washing my hands, I always made sure to apply L'Occitane hand cream. Since L'Occitane products contained 20% rich Shea butter, they retained moisture longer. I never forgot that I had two sound hands that my parents handed down to me, as girl-group members had pretty faces and sexy bodies. Ten sturdy fingers that had never been broken or sprained.

I know very well that a writer is a one-man company, in

몸이 있다면 내겐 부모님이 고이 물려주신 두 손이 있다는 걸 난 잊은 적이 없었다. 한 번도 부러지거나 접질린 적 없는 튼튼한 열 개의 손가락.

작가란, 본래 1인 기업이라서 작가 자신이 사장이면서 과장, 말단 사원일 뿐 아니라 투자해야 할 자본금이면서 팔아야 할 상품이라는 것을 잘 알고 있습니다. 결국 작가 스스로가 작가란 직업을 만든다는 것을 말입니다. 오빠는 대학 재학 중 투자자문사를 설립했고 몇 년 후 투자금 천억을 달성했다.

또 하나 한 거야?

시중 은행 PB센터에서 근무하는 펀드매니저들이 일인당 평균 오백억을 운영하고 있을 때였다. 프린터가 작동하면서 거실에 무겁게 가라앉은 정적을 깼다. 엄마가 슬며시 다가와 물었다. 벌써 또 하나 쓴 거야? 엄마는 내게 한 편의 소설을 탈고한 것이냐고 묻고 있었다. 출근과 퇴근, 일할 때와 놀 때의 경계가 불분명한 직업이 바로 작가였다. 눈에 불을 켜고 자료 검색에 열중하는 모습과 좋아하는 남자 연예인의 스캔들 기사를 읽는 모습이 별반 다르지 않았다. 사십 년 동안 와이셔츠를 입고 회사에 출근하는 남편을 뒷바라지해온 엄마로서

which he or she is the CEO and office clerk, as well as the
funds to be invested and the merchandise to be sold, all at
the same time; that in the end it is the writer who compos-
es the job of a writer. My brother founded an invest-
ment-consulting firm and developed a billion-dol-
lar investment fund in a few years.

You've done another?

It was during the time when a fund manager
working at the PB center of a regular bank man-
aged an average of five hundred million dollars.
The printer began to move and break the silence
that had sunken heavily in the living room. Mom
sneaked up to me and asked: *You've already written*
another? Mom was asking me if I had finished a
short story. A writer is a job where the boundary
between going to work and leaving work, or
working and playing is unclear. The way in which I
was intent on doing research and the way in which
I devoured articles on the scandals of my favorite
celebrities were not so different. As for my mom,
who had taken care of a husband who had gone to
the office every day, wearing a dress shirt, it was
inevitable to see me work the way as I did and be
perplexed. To her, whose daughter was a newly
debuted writer, who had not yet published a single
book of short stories, fiction was something invisi-

는 당혹스럽지 않을 수 없었다. 단편집 한 권 묶지 않은 신인 소설가를 딸로 둔 그녀에게 소설이란 눈에 보이지도 않고 손에 잡히지도 않는, 상상 속의 그 무엇이었다. 월말이 되면 통장에 찍히던 남편의 월급처럼 프린터 기계음은 엄마에게 일종의 신호였다. 내 딸이 무언가 하고 있구나. 그래, 지금 일을 하고 있는 게 분명해. 안방에 앉아 귀를 쫑긋 세우고 프린터 소리를 기다리는 일, 그리고 그 소리에 맞춰 벌떡 일어나 거실로 나온 딸에게 다가가 말을 건네는 일. 그 모든 것이 소설가라는 낯선 직업군에 적응하려는 그녀만의 노력이란 걸 나는 잘 알고 있었다. 그럼에도 불구하고 퉁명하게 대답할 수밖에 없었다. 나 역시 언제 내 글이 팔릴지 알 수 없는 건 마찬가지였다.

영업사원한테 실적 물어보는 건 실례지.

다시 방으로 돌아오자마자 나는 후회했다. 무용(無用)의 유용성을 몸소 실천하는 사람이 바로 작가였다. 내가 문학사에 길이 남을 작품을 썼다고 해서 세상은 달라지지 않는다. 여전히 비정규직은 고용 불안에 시달리고 예술가는 시대가 요구하는 예술과 시대를 필요로 하는 예술 사이에서 갈등할 것이 분명했다. 그리고 원고

ble and intangible, an imaginary object. So, like her husband's salary, which was transferred to her bank account at the end of every month, the printer's mechanical sound was a sort of signal to her: "My daughter is doing something. That's right. It's true that she's working on something now." To attentively wait in her bedroom for the printer sound, and then, as soon as she heard it, to stand up and come and talk to her daughter, who had also come out to the living room—I knew very well that those actions of hers were her effort to adapt to the unfamiliar job I had chosen, called a novelist. Nevertheless, I could not help answering her brusquely. I also did not know when my writing would be sold.

It's impolite to ask a sales rep how much she has sold.

As soon as I returned to my room, I regretted my brusqueness. A writer was someone who embodied the practice of usefulness of the uselessness. The world would not change even if I write a masterpiece that will be forever remembered in literary history. It was clear that temporary workers would continue to suffer from job insecurity and an artist would feel conflicted between the art that his or her times required and the art that required a certain kinds of times. And the manuscript fee would still be five cents per letter.

료는 여전히 한 글자당 오십 원일 것이다.

　한 편의 작품을 완성할 때까진 절대 출력하지 않겠다고 나는 마음속으로 다짐했다. 하지만 번번이 그 결심은 깨질 수밖에 없었다. 손에서 느껴지는 종이 질감이 좋아 나는 매달 만팔천 원을 내고 경향신문을 구독하고 있었다. 모니터로 보는 글은 글 같지가 않았다. 전자책이 종이책의 대체재가 아니라 보완재라는 의견에 대해 나는 적극적으로 동의하는 사람 중 하나였다. 집으로 배달된 신문을 읽는 것으로 내 하루는 평화롭게 시작되었다. 경향신문은 다른 신문에 비해 문학을 포함한 문화 전반에 대한 기사가 많았다. 그 내용 또한 깊고 풍성했다. 작가가 아니더라도 인문학적인 소양을 넓히고 싶은 사람이라면 누구나 읽으면 도움이 될 만한 신문이었다. 어느 정당인이 말한 '저녁이 있는 삶' 못지않게 '신문이 있는 아침'은 문화인으로서의 품격이 느껴졌다.

　종이의 빳빳하고 따뜻한 질감에 이미 난 익숙해진 상태였다. 집필 중인 원고를 중간에 프린터로 출력해 검토해보는 습관을 없애는 건 내게 불가능에 가까웠다. 엄마 눈치를 보는 것도 삼사일이면 저절로 사그라졌다. 오히려 프린터 출력 횟수가 증가하기도 했다. 글이 잘

I quietly resolved that I would never print out my work-in-progress until I finished the entire piece. But I had to break that resolution often. I subscribed to the *Kyunghyang sinmun* newspaper and paid the monthly subscription fee of $18, because I loved how the paper felt in my hands. I belonged to the kind of people who actively agreed that an electronic book was not an alternative, but a complementary medium to a paper book. I began my day peacefully by reading the newspaper delivered to my house. The *Kyunghyang sinmun* ran more articles on culture in general, including literature, than other newspapers. Their quality was high and their contents rich as well. It was a newspaper that could be helpful to anyone who wanted to expand their knowledge of the humanities, if not for a writer. "A morning with a newspaper" fit the dignity of a person of culture as much as the "life with evenings," as was a politician's well-known presidential campaign slogan.

I was already used to the stiff, but warm texture of paper. It was close to impossible for me to eliminate my old habit of printing and reading my work-in-progress. It took me only three or four days to forget about my mom's fretting. On the contrary, the number of my printings sometimes

안 써질 때였다. 이야기 진행이 잘 안 되면 그동안 썼던 글을 모아 찍기로 출력해 그 흐름을 훑어보는 게 또 하나의 내 버릇이었다. 3인칭 전지적 작가 시점으로 원고를 한눈에 내려다보는 것이다. 프린터 기계음이 들릴 때마다 얼굴에 생기가 돌던 엄마와 달리 나는 속이 바짝 타들어 갔다. 벌써 다 쓴 거야? 또 쓴 거야? 한 단락 덧붙이고 출력하길 반복하는 나에게 엄마는 묻고 또 물었다.

천진난만한 엄마의 얼굴과 마주할 때면 나는 무작정 고개를 끄덕이고 싶은 유혹에 시달렸다. 엄마에겐 삼십 대 중반의 나이에 천억 원을 운용하는 투자자문사 대표 아들이 있었다. 아들과 따로 대화하지 않아도 아들에 대한 소식을 손쉽게 접할 수 있었다. 인터넷 검색창에 아들의 회사명을 입력하면 관련 기사가 항목별로 나열되었다. 회사 운영 현황에 대한 자질구레한 뉴스부터 대학에서 강연한 두 시간짜리 동영상까지. 투자자문사 최연소 대주주인 그 아들은 초심을 지키기 위해 더 이상 투자자를 받지 않겠다고 공식선언했다. 그러자 대기 순번을 받고 기다리는 고객들이 생겨났다. 하지만 엄마의 또 다른 자식, 내 상황은 그와 많이 달랐다. 내가 소

increased—especially when my writing did not go well. When that happened, it was my habit to print all I had written until then and read through it; that is, I read all my manuscripts from the perspective of a third-person, omnipotent author. Unlike my mom, whose face brightened whenever she heard the printer's mechanical sound, I was entirely anxious and distressed during the process. *You've already completed your writing? You've done another?* My mom asked me again and again while I continued to print each time, after adding only a single paragraph.

Whenever I saw my mom's innocent face, I had to fight the temptation to unconditionally nod. She had a son who was the CEO of an investment-consulting firm, who managed a billion-dollar fund while in his 30s. She could easily hear about how he was doing even when she did not talk with him in person. When she typed the name of her son's firm in an Internet search engine, the list of articles about him appeared according to category: trivial news about his company operations to video clips of his two-hour lectures at colleges. The youngest majority shareholder of an investment-consulting firm, he officially declared that he would no longer accept new investors in order to maintain his original mission. Then, there appeared a waiting list

설을 쓰든 안 쓰든 그 소설이 좋든 별로든 아무도 신경 쓰지 않았다. 엄마가 한 편을 다 썼느냐고 묻지 않는다면 내가 출력한 종이에 적힌 글이 일기인지 소설인지 분간할 길조차 없었다. 문예지에 실리지도 않고 책으로 발간되지도 않은 그 소설들은 소설이면서 또 소설이 아니었다. 그것들은 분명 존재했지만 존재하지 않는 것과 다름없었다.

마음속에서 자신이 작가란 것을 잊어버리는 순간, 불량품을 생산하고 회사도 망하게 됩니다. 글을 쓰지 않는 작가, 글을 쓰고 있어도 작가로서의 자기검열을 게을리 하는 작가가 그러한 예에 속하는 것이라고 생각합니다. 앞으로 스스로에게 해고당하지 않는 작가가 되도록 열심히 노력하겠습니다. 감사합니다. 청중을 향해 허리를 깊게 숙이는 것으로 내 소감발표는 끝났다.

일 년 동안 단 한 편의 작품도 발표하지 않은 나를 작가로 기억해주는 사람은 엄마밖엔 없었다. 투자자문사를 창업한 아들에게 투자할 고객과 자본이 있는 것처럼 1인 기업인 작가 딸에게는 소설을 읽어줄 독자와 좋은 소설의 밑거름이 되는 이야기가 필요하다는 걸 엄마는 눈치챘다. 그리고 드라마에서 등장하는 수많은 우여곡

with the names of future customers waiting to be accepted. But my situation, as my mom's other child, was quite different. Whether I wrote a piece of fiction or not, whether it was good or bad, nobody noticed. If my mom hadn't asked whether I finished a piece or not, there was no way to distinguish whether the writing that was printed on the paper was my diary or a work of fiction. The pieces of writing that had not been published in literary magazines or books were both literature and not. They did exist, but they might as well not exist.

The moment when a writer forgets that he or she is a writer, they will produce inferior goods and their company, that is, they will go bankrupt. A writer who does not write, a writer who writes but is lazy in criticizing himself or herself would be such a writer. I will try hard to become a writer whom I don't have to fire. Thank you. My speech was over with my bowing deeply toward the audience.

My mom was the only person who remembered me as a writer—even after I didn't have a single piece of work published for a year. As her son who founded an investment-consulting firm needed investors and capital, she came to vaguely understand that her daughter, a writer as a one-person business, needed readers and stories that would

절 중 무엇 하나 자신이 물려주지 못했다는 것 또한 깨달았다. 여자는 한 남자를 만나 사랑에 빠진다. 사랑하는 연인 사이가 된 둘은 상견례 자리에서 두 부모님의 악연에 대해 알게 된다. 여자의 아버지는 자신의 비리를 감추기 위해 한 사내를 죽인 적이 있었다. 억울한 죽음을 당한 사내의 아들이 바로 여자가 사랑하는 남자였던 것이다. 아버지를 죽인 원수의 딸을 사랑하는 재벌남자의 헌신적인 사랑. 드라마를 시청하던 엄마가 옆에 앉은 내게 한 마디 던졌다.

아버지가 살인자가 아니라서 넌 시집을 못 가는 거니.

나는 고개를 끄덕이는 대신 푹 숙였다. 결혼을 약속한 오랜 연인과의 이별마저도 작가에게는 소설의 디테일을 살리고 인물의 감정선을 풍부하게 만드는 값진 경험이 된다고 이야기했던 건 서른네 살의 나였다. 복잡한 가정사를 털어놓는 작가지망생 후배에게 노다지네, 노다지, 넌 이제 쓰기만 하면 돼, 불우한 어린 시절만큼 작가에게 값진 유산이 없다며 후배의 어깨를 두드리기도 했다. 후배에게 가난하고 불행한 가족이 무궁무진한 소설거리가 매장된 금광이라면 나에게 가족은, 사전적 의미의 금 그 자체였다. 눈부시게 빛나는 단단한 존재감.

support good novels and short stories. And she realized that she did not allow me a single turn and twist of life that appeared in the TV dramas she watched. A woman meets and falls in love with a man; the loving couple finds out about both their parents' bad history only when both sets of parents meet each other for the first time; the woman's father killed a man to hide his corruption, and it turns out that the son of this unjustly killed victim is her lover; a financial magnate's devotion to the daughter of the enemy who killed his own father... While watching this drama, my mom abruptly said to me, sitting next to her: "So you can't marry because your father is not a murderer?"

Instead of nodding, I hung my head low. Indeed, I, the 34-year-old writer, had said that even a break-up with a long-time fiancé could be a precious experience that would enliven fictional details and enrich characters' emotions. To a younger alum and would-be writer who told me about her complicated family history, I said: *That's a gold mine, really! All you have to do is to write.* I patted her shoulder, while telling her that to a writer, no legacy was as precious as an unfortunate childhood. If my friend's destitute and unhappy family was a gold mine, where infinite fictional stories were buried, my

그들과 가까이하기에 나는 시커멓고 더러운, 게다가 깨지기 쉬운 석탄이었다. 대출 관련 스팸문자를 받은 엄마에게 나는 소득이 없어 그런 문자를 받지 못하는 거라며 스팸문자 받는 엄마가 부럽다고 자조 섞인 농담을 건네고, 맞선 자리에 나온 남자가 재정적으로 어떤 계획이 있냐고 물으면 소식(小食)할 거라고 퉁명스럽게 대답하고…… 금과 석탄, 같은 탄광에서 나왔지만 오빠와 나는 너무도 다른 남매였다. 혼자서는 아무것도 할 수 없고 누군가 도와줘야만 환하게 불을 밝힐 수 있는 무력한 존재. 그게 내 눈에 비친 나 자신의 모습이었다.

담배를 피우는 대신 나는 롯데 제주감귤 주스를 한 모금 마신다. 오렌지 주스보다 신맛이 적어 목넘김이 좋다. 글을 쓰다가 잠시 머리를 식히고 싶을 때 나는 차나 과일 주스를 한 잔 마신다. 특히 감귤에는 비타민 C가 풍부하게 함유되어 있어 피로해소와 감기예방 그리고 피부미용에 좋다. 삼국시대 때 공물로 바쳐졌던 감귤은 아무나 먹지 못하는 진귀한 과일이었다. 부모님이 집에 사다둔 귤이 떨어지면 나는 편의점에 가서 롯데 제주감귤 주스를 사 먹곤 한다. 180mL에 1,300원. 담

family was gold itself in the sense defined in a dictionary. It was a brilliant and hard substance. My family was unapproachable to me, because I was coal—black and dirty, and, furthermore, fragile. To my mom, who received a spam message regarding loans, I would make a self-deprecating joke that I envied her for receiving such a spam message, that I could not even get such a message because I had no income. To a man whom I met as a prospective husband and who asked me what kinds of financial plans I had, I would bluntly say that I planned to eat little... Although my brother and I came out of the same mine, we were siblings who were just too different. A helpless being who could do nothing alone and who could shine only when someone helped her—that was who I appeared to be then to me.

Instead of smoking a cigarette, I take a sip of Lotte Jeju tangerine juice. As it is less sour than orange juice, I find it easier to swallow. I drink a cup of tea or a glass of fruit juice when I feel like cooling my head while writing. In particular, tangerine is good for treating fatigue, preventing a cold, and taking care of the skin, because it is full of Vitamin C. During the Three Kingdoms Period, tangerines

배 5개비에 해당하는 금액이다. 정확하게 다섯 모금으로 나는 감귤 주스를 나눠 먹을 생각이다.

짙은 담배연기에 충혈된 것처럼 눈시울이 붉어진다. 나는 서랍에 처박아둔 만년필을 모두 꺼내 펼친다. 다섯. 이 숫자는 대학을 졸업한 후 내가 만났던 남자들의 수와 일치한다. 만난 기간은 일주일부터 오 년까지 다양하지만 화이트데이와 크리스마스, 혹은 외국 출장을 다녀온 기념으로 내게 건넨 선물이라는 점은 동일하다. 몽블랑부터 중국 명품브랜드 상하이 탕(Shanghai Tang)까지 각기 다른 디자인과 색상의 만년필들이 일렬로 책상에 놓인다. 망설임 없이 나는 몽블랑을 집어 든다. 인생의 동반자가 될 뻔했던 남자가 준 만년필이다. 그 사람과 함께라면 세상에 두려울 것이 없다고 생각하던 때가 있었다. 그와의 사랑은 그러나 지극히 상투적이고 유치한 결말로 끝났다. 예전에 사귀었던 남자들과 별반 다르지 않았다. 이별은 슬프기보단 씁쓸했다. 그를 닮은 아이를 낳고 싶었다.

종이에 대고 한 글자씩 천천히 써내려간다.

이. 재. 용.

were a rarity that was offered to kings as a tribute. Whenever tangerines that my parents buy run out, I go to the convenience store to get Jeju tangerine juice. A little more than a dollar for a 180 mL can— equivalent to the price of five cigarettes. I intend to drink the tangerine juice in exactly five gulps.

My eyes redden due to the thick cigarette smoke. I take five fountain pens out of my desk drawer, where I left and forgot them, and spread them on the surface of the desk. The number of fountain pens correspond to that of men whom I dated after I graduated from college. Although the period of dating varied from a week to five years, the fountain pens share the same background: a gift from my boyfriend for the White Day, or Xmas, or as a souvenir from their business trips abroad. Fountain pens with different designs and colors, from Mont Blanc to Shanghai Tang, a renowned Chinese brand, lie on the desk in a row. Without hesitation, I pick up the Mont Blanc. It is the fountain pen that a man who could have become my lifelong companion gave me. Once there was a time when I thought there was nothing to be afraid of in this world if I were with him. Love with him, however, ended in a very stereotypical and childish

세계 최고의 악기 장인 과르네리가 만든 바이올린에선 어떤 소리가 날까. 인터파크에서 파는 6만 원짜리 연습용 바이올린조차 켜 본 적이 없는 나로서는 그저 상상만 할 수 있을 따름이다. 그럼에도 과르네리 바이올린이 연습용 악기보다 훨씬 더 풍부한 음과 안정된 리듬을 만들어낸다고 확신한다. 세계적인 바이올리니스트 정경화가 가지고 있는 바이올린이 바로 그 과르네리다. 과르네리는 17세기 이탈리아 크레모나 지역 출신의 유명한 현악기 장인 가문으로 스트라디바리(Stradivari)와 함께 세계 최고의 마에스트로로 손꼽힌다. 2006년 뉴욕 크리스티에서 스트라디바리에서 만든 바이올린이 354만 달러에 팔린 기록이 있다. 공식적으로 알려지진 않았지만 정경화의 바이올린도 그에 버금가는 40억 정도일 것이라고 전문가들은 추정하고 있다. 비싼 만큼 최상의 음색을 들려준다. 이보다 악기와 연주자의 관계를 명료하게 설명해주는 말은 없다고 전문가들은 말한다. 과르네리의 삶은 평탄하지 않은 것으로 전해진다. 더러 그가 제작한 바이올린 중에 거칠게 제작된 것이 있는데, 그의 악기 품질에 기복이 심한 것은 모두 그의 우여곡절 많은 인생 탓이라고 한다.

conclusion. It was not so different from my parting with other boyfriends. It was more bitter than sad. I had wanted to have a child that looked like him.

I slowly write letters on a piece of paper.

Lee, Jae, Yong.

What kind of sound would a violin, made by the world's best instrument maker, Guarneri, make? As someone who has not even played a $60 practice violin sold on the Interpark site, all I can do is imagine. Nevertheless, I am convinced that a Guarneri violin makes a far richer sound and a far securer rhythm than a practice violin. The world-renowned violinist Chung Kyung-wha owns this very Guarneri violin. Together with Stradivari, Guarneri, from the famous family of string instrument makers in Cremona in Italy, is often included in the world's best three master craftsmen. According to records, a Stradivari violin sold for $3.45 million at Christie's in New York in 2006. Although not known officially, specialists estimate Chung Kyung-wha's violin would be worth about the same. Its sound is as sublime as its price: specialists say that no other comparison explains more clearly the relationship between an instrument and a musician. It is known that Guarneri's life was not so peaceful. There are some among his instruments that were made rather

유튜브에 접속해 정경화 연주 동영상을 검색한다. 유튜브에는 없는 거 빼곤 다 있다. 두 눈을 감고 비발디의 사계(四季)를 듣는다. 봄과 여름, 가을과 겨울이 감미롭게 흘러간다. 바이올린을 연주하는 것은 정경화만이 아니다. 과르네리는 살아 있다.

삼성전자 센스 NT300V3A-A16P 라즈베리 핑크.

이 노트북을 구매한 이유는 단순히 디자인 때문이었다. 다섯 가지 컬러 중 라즈베리 핑크를 고른 것도 주문 당일 붉은색 과일인 딸기가 먹고 싶었기 때문이다. 다니던 회사를 그만두고 소설을 쓰겠다고 결심한 것도 이와 비슷했다. 다른 점이 있다면 딸기가 아니라 피자였다는 것이다. 퇴근하고 집에 오는 길이었다. 문득 도미노 피자가 먹고 싶었다. 피자 먹을 생각에 집으로 가는 걸음을 재촉하던 나는 순간 멈칫했다. 피자 60판이면 한 달 월급에 맞먹는 액수였다. 하루에 피자 두 판. 상사 눈치 보며 이리저리 뛰어다니던 회사에서의 내 모습이 먹다 남긴 식은 피자 조각처럼 초라하게 느껴졌다. 그로부터 구 년이 흘렀다. 그동안 단 한 번도 내 돈을 내고 피자를 사 먹은 적이 없었다. 딸기도 마찬가지였다. 사실 내가 생활하면서 드는 모든 비용은 부모님에게서 나

roughly. People explain the uneven quality of his instruments as a result of the many twists and turns in his life.

I log onto YouTube and search for video clips of Chung Kyung-wha's performance. There is almost everything on YouTube—except for what is not. I close my eyes and listen to Vivaldi's *Four Seasons*. Spring, summer, fall, and winter flow sweetly by me. It is not just Chung Kyung-wha who plays the violin; Guarneri is alive, too.

Samsung's Sense NT300V3A-A16P raspberry pink.

The only reason I bought this notebook computer was its design. I chose the raspberry pink out of the five available colors because I wanted to eat similarly red-colored strawberries on the day I ordered it. I made up my mind to quit the company where I had been working and write short stories and novels also in a similar manner. The only difference was that I wanted to eat pizza instead of strawberries that day. On my way back home from work, I suddenly wanted to eat Domino's pizza. Suddenly, in the middle of hurrying home to eat pizza, I stood still: 60 pizzas would be about equal to my monthly salary. Two pizzas a day. The way I had to run around under my boss's thumb at the

왔다. 부모님이 사다 놓은 딸기를 먹고 부모님이 사주신 피자를 먹었다. 사람들이 집에서 글 쓰는 게 힘들지 않냐며 작업실을 따로 구해 나올 생각이 없냐고 물으면 나는 늙으신 부모님이 적적해 하실까 집에서 작업한다고 답하곤 한다. 하지만 실상은 그 반대다. 나는 부모님 집에 얹혀살고 있다. 부모님의 도움 없이는 작업실을 얻을 수 없을 뿐만 아니라 관리비도 내기 어려운 상황이다. 내 통장 잔고는 당선 상금과 몇 번의 원고료와 몇 번의 아르바이트, 그리고 오빠와 부모님께 생일 축하 선물로 받은 현금이 전부다.

몽블랑 만년필과 라즈베리 핑크 노트북을 나는 번갈아 쳐다본다. 그러다 키보드에 시선이 오래 머문다. 진분홍빛 보드에 새하얀 키(key)가 빼곡하게 박혀 있다. 여전히 그 모습은 씨가 알알이 박힌 잘 익은 석류를 연상시킨다. 이보다 화려하고 감각적인 컬러의 노트북을 본 적이 없다고 나는 또 생각한다. 그리고 한 글자씩 정성스레 쓴다.

이. 재. 용.

하얀 한글 파일에 검은 글씨가 새겨진다. 석탄처럼 시커먼 색이다. '강렬하지만 세련된 시크 블랙'으로 쓰면

company felt as worthless as a cold, half-eaten pizza. It has been nine years since then. I have never paid for a pizza during that time. The same is true of strawberries. In fact, all my living expenses have come from my parents. I eat strawberries and pizzas that they have bought and brought home. When people ask me if it is not hard for me to write at home, whether I would like to get an office space outside of home, I answer that I work at home because I am worried that my old parents might become bored and lonely. However, the truth is the opposite. I am sponging off of my parents. Without my parents' help, not only can I not get an office space, but also it would be hard for me to pay the regular office expenses. All I have in my bank account is the award money, a few manuscript fees, payments from a few part-time jobs, and some cash my brother and parents gave me to congratulate me on my winning the award.

I look at the Mont Blanc fountain pen and Raspberry pink notebook computer alternatingly. Then I stare at the keyboard for a long time. White keys are covering the magenta board thickly. It still reminds me of a ripe pomegranate full of white seeds. I again think that I have never seen a notebook computer with a color more brilliant and

전성태의 「늑대」 같은 소설이 될까. '지적이고 차가운 스모키 실버'로 글을 쓰면 이장욱의 「우리 모두의 정귀보」 같은 소설이 나오는 걸까. 만약 노트북의 컬러에 따라 다른 내용의 소설이 써진다면 나는 고독사한 사람들의 유품을 처리하는 과정이 그로테스크하게 묘사된 소설 따위를 쓰진 않았을 것이다. 내 노트북은 '상큼하고 톡톡 튀는' 라즈베리 핑크니까. 봄과 여름, 가을과 겨울, 원고 청탁 없이 보냈던 지난날들에 대해 나는 생각하고 또 생각한다.

다시 한 번 이재용을 적는다.

그리고 숨을 깊게 들이쉰다. 달콤한 향 같은 건 나지 않는다. 하얀 한글 파일 위 검은 글씨 이재용에게선 라즈베리 핑크가 느껴지지 않는다. 노트북을 최신형으로 바꿀지라도 달라지는 건 없다. 2015 맥북 에어로 이재용이란 세 글자를 써봤자 그 가격은 동일한 백오십 원이다. 과르네리나 스트라디바리가 되살아나 스프러스 나무로 자판을 하나씩 정성껏 깎아내어 노트북을 만든다고 할지라도 아무런 소용이 없다. 한 글자당 오십 원. 결국 내가 쓴 '이재용'은 백오십 원일 뿐이다.

십오억사천만 원이란 돈을 벌기 위해선 얼마나 많은

sensual than this one. Then, I write one letter after another very carefully.

Lee, Jae, Yong.

Black letters appear on a white file. It's as black as coal. If I wrote with the "intense, yet refined chic black" computer, would the result be like Jeon Seong-tae's short story "Wolf"? If I write with the "intellectual and cold smoky silver" computer, will I have a short story like Lee Jang-wook's "Jeong Gwi-bo of Us All"? If a notebook computer's color decides the content of a short story, I would not have written a short story that grotesquely depicts the process of disposing of articles left by those who committed suicide out of loneliness—because my computer is "fresh, color-popping raspberry pink." I think over and over again of the time— spring, summer, fall, and winter— I have spent without any commissioned work.

I write the name "Lee Jae-yong" again.

Then, I take a deep breath. I cannot feel any kind of a sweet smell. I cannot feel raspberry pink from the black letters on a white document page: Lee Jae-yong. Even if I change my computer to the newest model, it won't be different. Even if I write the three syllables "Lee Jae-yong" on a 2015 Mac-Book Air, their price is still the same: 15 cents.

글을 써야 하는 것일까. 오빠가 운영하는 회사는 2014년 일 분기 투자자문사 분야 영업실적 4위를 기록했다. 수익금이 아니라 수익률 측면에서라면 1위였을 놀라운 성과였다. 그 소식을 인터넷 뉴스로 확인한 날 나는 집에서 혼자 라면을 끓여 먹고 있었다. 부부 동반으로 부모님은 여행을 가시고 집엔 나 혼자 남았다. 시간 조절에 실패한 라면 면발은 힘없이 퍼져 있었다.

같은 부모 밑에서 자란 두 사람의 인생이 이렇게 다를 수 있다니.

성공한 금융맨과 연봉제로의 신인소설가. 두 남매에게 닮은 점이 있다면 눈에 보이지 않고 손에 잡히지 않는 것을 다루는 직업을 가졌다는 점이었다. 문외한 눈에 주식은 얇은 종이 쪼가리였다. 소설 역시 다른 사람이 보기엔 길게 적은 일기에 불과할 것이었다. 더욱이 발표되지 않은 소설은 존재하지 않는 것과 다름없었다. 존재의 형식 측면에서 주식과 소설은 모두 애매모호하다는 공통점이 있었다. 하지만 그 애매모호함을 대하는 태도가 두 사람의 현재를 정반대로 바꾸어놓았다. 석탄과 다이아몬드는 동일한 화학 성분인 탄소로 구성된다. 차이는 딱 하나, 탄소의 배열이다. 석탄은 탄소 원자들

Even if Guarneri and Stradivari came alive and made a notebook computer with a wooden keyboard made of carefully carved spruce keys, it would be no use. Five cents per letter. In the end, the letters "Lee Jae-yong" that I write will be worth only 15 cents.

How much should I write to make $1.54 million? The company my brother manages ranked fourth in business performance among investment consulting firms during the first quarter of 2014. If they did not consider the amount of profit, but the profitability rate, his company would have ranked #1. It was a remarkable achievement. The day when I learned that news on the Internet, I was cooking ramen noodles alone at home. My parents were traveling together and I was left alone. Since I failed to control the boiling time, the ramen noodles became bloated and listless.

How the lives of two people who grew up in the hands of the same parents could be so different!

A successful financial man and a newly debuted writer with $0 annual salary. The only similarity between us siblings was the fact that we both got a job handling the invisible and intangible. To the eyes of an outsider, stocks were only pieces of thin paper. A short story or a novel could also be only a

의 배열이 제멋대로 흐트러져 있는 반면, 다이아몬드는 4개의 탄소 원자가 모여 만들어진 정사면체가 가로, 세로, 높이의 세 방향으로 끊임없이 반복된 형태로 되어 있다. 다시 말해, 정교한 배열이 다이아몬드를 석탄과 구별되게 하는 비밀인 것이다.

록시땅 핸드크림을 나는 손에 꼼꼼히 바르기 시작한다. 손등에서 반들반들 윤이 난다. 그 손으로 나는 스크롤을 위로 빠르게 움직인다. 이제까지 썼던 글이 빠르게 지나간다.

한국경제 TV에 출연했던 오빠는 젊은 나이에 투자자문자 대표로서 성공한 비법을 묻는 사회자의 질문에 이렇게 답했다.

아주 간단합니다. 자기 값보다 싸게 나온 주식을 사서 제 가격을 받고 파는 것이지요.

그것이 자신의 투자원칙이라고 말하는 오빠의 표정은 당당해 보였다. 투자에 조금이라도 관심이 있는 사람이라면 당연히 아는 가치투자의 기본이었다. 사회자는 허탈한 표정으로 고개를 끄덕였다. 다음 질문으로 서둘러 넘어가려는 사회자를 바라보며 오빠는 특유의 느릿한 목소리로 말을 이었다. 가격은 지불하는 것이고

long diary to others. Furthermore, an unpublished short story or novel was no different from its not existing. Both stocks and writings have the common characteristic of being ambiguous in the form of existence. However, people's attitudes toward that ambiguity have defined their current statuses as opposites. Both coal and diamond are made of the same chemical element: carbon. There is only one difference between them: their arrangements. Whereas carbon is arranged at random in coal, in a diamond, squares composed of four carbon elements are repeatedly connected in three dimensions. In other words, an elaborate arrangement is the secret that distinguishes diamond from coal.

I begin to rub L'Occitane hand cream into my hands. The backs of my hands are smooth and shiny. I rapidly scroll up the screen with my hand afterward. The letters that I have written so far quickly pass down.

In a Korean Economy TV program, my brother answered the moderator's question about the secret of his success as an investment consulting firm CEO at such a young age: *It's very simple. You just have to buy undervalued stocks and sell them at their right prices.*

While saying that that was his investment princi-

가치는 얻는 것입니다. 항상 낮은 가격을 지불하고 높은 가치를 얻는 것, 그게 바로 워런 버핏의 투자비결이기도 하지요.

워런 버핏은 투자의 귀재로 불리는 미국의 사업가이자 투자자다. 기존의 투자방식이던 단기적 시세차익을 통한 수익창출을 지양하고 기업의 내재가치와 성장률에 근거한 저평가 우량기업에 장기간 투자하는 것으로 유명했다. 2014년 블룸버그가 발표한 세계 200대 억만장자 순위에서 마이크로소프트의 빌 게이츠와 멕시코 통신의 카를로스 슬림에 이어 75조 6,000억 원으로 3위를 차지했다. 그는 자산의 85%를 사회에 환원하기로 약정하는 등 적극적인 기부활동을 진행하고 있었다. 모범적인 투자자로서 워런 버핏은 투자자들의 롤모델로 인정받았다.

『삼대』의 염상섭부터『무기의 그늘』의 황석영과『랍스터를 먹는 시간』의 방현석을 거쳐『로기완을 만났다』의 조해진 그리고 바다를 건너『적절한 균형』의 로힌턴 미스트리와『내 이름은 빨강』의 오르한 파묵까지, 나는 그동안 좋아하고 존경했던 작가들의 이름과 작품들을 하나씩 떠올린다. 수십 개의 작품들이 머릿속을 가득 채

ple, my brother looked proud. It was a basic principle for value investment that anyone even a little bit interested in investment knew. The moderator nodded, rather taken aback. Looking at him trying to rush to his next question, my brother continued in his characteristic slow voice: *You pay the price and earn values. Always pay low prices and earn high values—that is also Warren Buffett's investment secret.*

Warren Buffett is an American businessman and investor, called an investment guru. He is famous for preferring a long-term investment in undervalued superior companies, based on their inherent values and growth rates, to the existing investment model of profit earnings through short-term transactions. With his income of $7.56 billion, he ranks third, after Microsoft's Bill Gates and Mexican SBC Communications' Carlos Slim, among the world's 200 billionaires. He is actively involved in philanthropy work through various channels, including a pledge to return 85% of his assets to the public. As an exemplary investor, Warren Buffett has been acknowledged as a role model for investors.

I think of the names of all writers that I have liked and admired, one after another: Yeom Sang-seop of *Three Generations* through Hwang Sok-yong of *The Shadow of Arms* and Bang Hyeon-seok of *Time*

운다. 지난겨울 나는 문예창작학 박사 학위를 취득했다. 학부까지 포함한다면 대략 육천만 원을 지불하고 얻어낸 문학박사 학위였다. 하지만 작년 한 해 글을 써서 번 돈은 0원이었다. 고전이라고 불리는 명작들을 읽고 필사하며 그들과 같은 작품을 쓰기 위해 온종일 노트북 앞에 앉아 있었다. 기나긴 그 시간을 나는 천천히 되짚는다.

그건 한 글자당 오십 원짜리의 삶이었다.

이의를 제기하지도 의문을 갖지도 않았다. 내게 주어진 상황을 그대로 받아들이기만 했다. 투자는 가슴으로 하는 것이 아니라 머리로 하는 것이라고 말한 건 워런 버핏이었다. 투기와 투자가 구분되지 않았던 '묻지마 투자' 시절에 그는 가치투자의 길을 개척했다. 차트에 나타난 표면적인 수치에 의존하지 않고 기업의 내재적 가치를 발견하려고 노력한 그는, '눈에 보이는 것보다 보이지 않는 것'을 중요시했다.

기업의 가치를 측정하는 것은 과학인 동시에 예술이다.

워런 버핏의 말을 곱씹으며 나 자신이 얼마나 예술가답지 않은 삶을 살아왔는지에 대해 생각한다. 보이지 않는 것을 보는 것, 그것이 바로 소설이다. 이재용. 내

to Eat Lobster to Cho Hae-jin of *I Met Lo Gi-wan*, Rohinton Mistry of *A Fine Balance* and Orhan Pamuk of *My Name is Red*. Scores of works fill my head. Last winter, I acquired a Ph.D. in creative writing. Including the college tuition, I paid about $60,000 to get this Ph.D. However, I earned $0 from writing for the entire last year. While reading and hand-copying so-called classical works, I stayed in front of my notebook computer in order to write works like them. I slowly think back to those times.

It was a life with its worth at five cents per letter.

I didn't raise any question about it. I just accepted the situation given to me. It was Warren Buffett who said that it did not take heart but brains to do investment. During the time of so-called "no-questions-asked investment," when there was no distinction between speculation and investment, he newly explored the road of value-based invest-ment. In trying to find inherent values in a compa-ny, without depending on the apparent numbers in charts, he preferred the invisible to the visible.

To estimate a company's value is simultaneously science and art.

Reflecting on Warren Buffett's words, I think about how much I have lived a life unlike that of a writer as an artist. To see what is invisible—that is a

손끝에서 발생하는 백오십 원의 가치를 말없이 지켜본다. 내가 얼마나 비생산적인 삶을 살아왔는지는 나 자신이 제일 잘 알고 있었다.

내가 등단한 해에 조카가 태어났다.

빨빨빨빨 빨간색 소방차가 달려갑니다. 애앵- 애앵- 애앵- 주주주주 주황색 오렌지가 굴러갑니다. 대굴- 대굴- 대굴- 노노노노 노란색 병아리가 노래합니다. 삐약- 삐약- 삐약- 노래 가사에 맞춰 조카가 엉덩이를 요리조리 흔드는 장면이 눈앞에 선하다. 가만히 누워만 있던 아기가 몸을 뒤집고 혼자 힘으로 기어가고 소파를 짚고 일어나 걷고…… 한 달 전 갤러리아 백화점 어린이 매장에서 만난 조카는 신나게 뛰어다니고 있었다.

하루가 다르게 성장하는 조카를 떠올리며 나는 이것이 바로 오빠가 강조하던 자기 값보다 싸게 나온 주식, 즉 '저평가 우량주'라는 걸 깨달았다. 조카가 태어나던 날이 생각난다. 담요에 둘둘 싸인 작고 연약한 존재. 간호사 품에 안겨 보호본능을 일으키던 신생아가 어느새 곤드레 밥을 숟가락으로 떠먹는 어린이로 자라났다. 오십 년 후에 그 아이가 어떤 모습일지 마음속에 그려본다. 오빠의 바람대로 유엔 사무총장이 되어 있을지 모

short story and a novel. Lee Jae-yong. I silently watch the 15-cent value that appears at the tip of my hands. I know best how unproductive a life I have led.

My nephew was born in the year when I made my literary debut.

R-r-r-r-red fire engine rushes. Ae-aeng ae-aeng ae-aeng. O-o-o-o-orange tangerine rolls down. Daegul daegul daegul. Y-y-y-y-yellow chick sings. Ppiyak ppiyak ppiyak. I can still clearly see my nephew shake his butt left and right to the lyrics of the song. The baby that lay still turned its body, crawled alone, stood up holding a sofa, and walked... When I met him at the children's corner of the Galleria Department Store a month ago, he was energetically running around.

Thinking of my nephew, who is growing every day, I realize that he is the very undervalued superior stock that my brother emphasizes. I remember the day when my nephew was born. That tiny and helpless being wrapped in a blanket, the newborn that lay in the arms of a nurse and aroused a protective instinct in me grew up so quickly that now it is a child who can eat *gondeure* rice on his own. I try to imagine what that child will look like in 50 years. He might become the U.N. Secretary Gener-

른다. 어쩌면 세계에서 제일 높은 개런티를 받는 영화
배우가 됐을지도 모른다. 조카의 미래는 그 아이에 대
한 내 상상력만큼 무한하다.

한글 파일 위에 내가 적은 세 글자는, 이젠 더 이상 백
오십 원이 아니다.

'이재용' 옆에 나는 '단 한 사람을 위한 소설'이라고 쓴다.

이것이 바로 지금 내가 쓰려는 소설의 핵심이다.

아까 마시고 남겨두었던 롯데 제주감귤 주스를 한 모
금 또 마신다.

이재용이라는 이름을 들으면 사람들은 당당한 표정
의 삼성전자 부회장을 떠올릴 것이다. 준수한 얼굴에
스마트한 패션스타일, 그리고 귀공자다운 기품. 브랜드
가치 세계 7위의 삼성그룹 회장 이건희의 단 하나뿐인
아들. 하지만 삼성병원이 메르스 관련 최대 거점병원으
로 지목되면서 그에 대한 지지도는 큰 폭으로 하락했
다. 반면에 호텔 신라 대표이사 이부진은 발 빠른 대응
으로 경영능력을 인정받는 동시에 홍보 효과까지 톡톡
히 보았다. 삼 남매 후계구도 속에서 그는 이미지를 쇄

al, as my brother wishes. He could become an actor who is the highest paid in the world. The future of my nephew is as infinite as my imagination about him.

Now, the three letters that I wrote in the word file are no longer 15 cents.

Beside the three syllables "Lee Jae-yong," I now write "A Short Story for Only One Person."

That is the essence of the short story that I am about to write here.

I take another sip of the Lotte tangerine juice that I began drinking a while ago.

When people hear the name "Lee Jae-yong," they naturally think of the vice chairman of Samsung Electronics, with his dignified facial expression, a handsome face, smart fashion sense, and princely grace; the only son of Lee Kun-hee, the CEO of Samsung Group, the seventh most-valuable brand in the world. However, ever since Samsung Hospital was pointed out as the epicenter of the MERS virus, his approval rating has plummeted. In contrast, the CEO of Hotel Shilla and Lee Jae-yong's sister, Lee Boo-jin, received credit for her management ability for her quick response to the MERS

신할 획기적인 아이템이 필요할 거라는 것이 내 판단이다. 무엇보다 잦은 매체 노출을 통한 친근하고 익숙한 인상을 대중들에게 심어주는 것이 중요하다. 많이 만나면 정이 쌓이고 정이 쌓이면 웬만한 일은 그냥 모르는 척 넘어갈 수 있는 것처럼, 그러니까 '또 하나의 가족'이 되는 셈이다*. 이재용이란 이름에 대해 나만큼 오래 그리고 깊이 생각한 작가는 없을 것이다.

그렇다고 내 글에 등장하는 이재용이 기업인 이재용은 아니다. 여기서 분명히 밝히지만 이재용이란 이름이 처음 언급되었던—그 남자를 닮은 아이를 낳고 싶었다—부분과 연관이 있는 것도 아니다. 내가 말하는 이재용은 오 년 사귄 남자의 이름도 그 남자의 아이 이름도 아니다.

롯데 제주감귤 주스를 다 마신 나는 이번에는 한살림 결명자차를 한 모금 들이킨다. 노트북으로 글을 쓰고 책과 신문을 읽고, 대부분 내가 하는 일은 '눈'과 연관되어 있다. 식사할 때조차 나는 텔레비전을 시청한다. 그중 드라마 전문 채널을 즐겨본다. 처음에는 과도한 간

●'또 하나의 가족'은 삼성전자의 유명한 광고카피다.

situation and this contributed greatly to her P.R. image. It appears to me that Lee Jae-yong needs an epoch-making item to renew his image within the structure of tripartite sibling-heirs. Above all, it is important for him to be exposed to mass media often and plant friendly and familiar impressions among the public. If we meet someone often, we develop affection for them, and if that happens over and over again, we tend to overlook the minor blemishes of that person. In other words, they can become a member of our family*. I am sure there is no other writer who has thought as long and deeply as I have about the name "Lee Jae-yong."

Nevertheless, the Lee Jae-yong in my short story is not the businessman Lee Jae-yong. To speak clearly here: nor is the name "Lee Jae-yong" related to the part in which I first mentioned his name here, the part where I wrote: I had wanted to have a child that looked like him. Lee Jae-yong here is neither the name of the man whom I was with for five years nor of his child.

After finishing the Lotte tangerine juice, I take a

* "Another Family" is a well-known slogan of Samsung Electronics' advertisement.

접광고 때문에 눈살을 찌푸렸지만 시간이 지나면서 오히려 그걸 즐기게 되었다. 방송은 어느새 간접광고 제품을 단순히 노출하는 수준을 넘어섰다. 이제 배우의 대사나 행동을 통해 제품의 기능이나 특징들을 자연스럽게 보여준다. 가령 원고 마감을 앞두고 밤새 글을 쓰던 소설가가 결명자차를 마시며 눈이 맑아지는 기분이야, 하는 대사를 내뱉는 것이다. 만약 그 소설가가 여자이고 피부가 좋은 여배우가 그 배역을 맡았다면 피부미용에 도움이 되는 감귤 주스도 동반노출이 가능하다. 어떤 방식으로 광고 제품을 이야기 속에 흡수시키는지 지켜보는 것도 드라마 보는 재미 중 하나이다. 이야기 전개에 꼭 필요한 장치처럼 광고 제품을 영리하게 활용하는 장면에서는 절로 감탄사가 터져 나왔다.

나는 두 눈을 꼭 감았다 뜬다. 벌써 다섯 시간째 노트북을 들여다보고 있는 중이다. 눈이 뻑뻑한 것이 안구건조증이 악화된 것 같다. 결명자차를 한 모금 들이킨다. 입안에 쌉싸래한 맛이 남는다. 눈이 시원해지는 기분이다.

중간광고 시간에도 나는 채널을 돌리거나 화장실을 가지 않는다. 광고는 사전적 정의 그대로 상품이나 서

sip of the Hansalim brand *gyeolmyeongja* tea. Most of my work—writing on the notebook computer and reading books and newspapers—is related to eyes. Even while eating a meal, I watch TV. I enjoy drama channels. At first, I frowned at the excessive advertisements, but I learned to enjoy them over time. TV dramas have gone beyond the level of simply exposing merchandise for indirect advertisement. Now they naturally show the functions and characteristics of merchandise through the actors' words and actions. For example, a writer-character who is doing an overnighter to meet his deadline utters a line while drinking a cup of *gyeolmyeongja* tea: "I feel as if my eyes have become clearer." If the writer-character is a woman played by an actress whose skin is smooth, then she can be used to display tangerine juice, which is supposedly good for beautiful skin. It is a part of the fun of watching a drama now to discover in what ways they integrate merchandise in the story. I cannot help exclaiming when I encounter a scene in which merchandise is used for an advertisement, like an essential prop of the story development.

I close my eyes tightly and open them again. I have been staring at the notebook computer for five hours. My eyes feel very dry. It seems that my

비스에 대한 정보를 소비자에게 알리는 기능을 가진다. 휴대폰 신제품 소식이나 백화점 세일 정보를 나는 광고를 통해 습득하곤 한다. 군이 인터넷으로 검색하는 노력을 할 필요가 없다. 광고를 보다 보면 저절로 정보를 알 수 있다. 절반 이상 남은 결명자차를 나는 한 번에 쭉 들이킨다. 통증이 한결 덜한 것 같다.

결명자차는 스트레스와 피로로 눈이 충혈되거나 안구건조증이 있는 사람들에게 도움이 된다. 특히 수험생들에게 좋다. 시력 회복은 물론이고 만성변비, 신장보호의 효능도 있다. 한살림 결명자차는 500g에 5,700원으로 가격이 다소 비싼 편이지만 무농약 재배라서 믿고 마실 수 있다.

'이재용, 단 한 사람만을 위한 소설'을 써야겠다고 결심했을 때 가장 먼저 내 머릿속에 든 생각은 무슨 내용을 어떻게 써야 할 것인가였다. 한 달에 한 번 만나는 조카에 대해 내가 알고 있는 것은 많지 않았다.

이재용은, 내 조카다. 오빠의 단 하나뿐인 소중한 아들.

아이에 대한 정보는 카카오톡 가족 단체채팅방에 올라오는 사진과 동영상이 전부였다. 클릭 몇 번으로 수십

xerophthalmia has gotten worse. I take a sip of *gyeolmyeongja* tea. The bitter taste remains in my mouth. My eyes feel refreshed.

During advertisements, I neither change the channel nor go to the bathroom. Advertising has the function of giving information about merchandise or a service, as in its dictionary definition. I learn about new cell phone models and department store sales through advertisements. I don't have to make the extra effort of an Internet search. I automatically learn information while watching advertisements. I finish the more-than-half left *gyeolmyeongja* tea. I feel much less pain in my eyes.

The *gyeolmyeongja* tea is helpful to people who get red eyes from stress and fatigue, and to people with xerophthalmia. It is particularly helpful to students before important entrance examinations. In addition to the rejuvenation of eyesight, it has the function of curing chronic constipation and protecting the kidneys. The Hansalim brand *gyeolmyeongja* tea is rather expensive, at about $5 per 500 mg, but one can drink it without worry because it is organically grown.

When I made up my mind to write a short story for only one person, Lee Jae-yong, the first thought

장의 사진을 보내고 받을 수 있었다. 카카오톡이 없었으면 그나마 그 사진들도 편하게 보긴 힘들었을 거였다.

호텔 신라에서 파는 망고빙수를 좋아하고, 버버리 체크 코트를 즐겨 입으며, 친한 사람의 이름 앞에는 '까까'라는 단어를 붙이는 걸 좋아하고, 하루에 한 번 회원제 피트니스클럽 반트에 들려 까까할미와 함께 골프연습장에서 놀고, 직접 걸어 다니는 것보단 유아용 BMW 미니쿠페에 앉아 엄마가 밀어주는 걸 좋아하고, 신발 중에선 벤시몽키즈 블루를 제일 좋아하고, 요즘 한창 그림 그리기에 심취해 있고…….

여러 가지 이야기를 곰곰이 되짚어보던 내 머릿속에 구스타프 클림트의 〈아델레 블로흐 - 바우어의 초상 1〉가 떠올랐다. 유화와 금을 섞어 그려 더없이 화려하고 현대적인 느낌을 주는 그림이다. 그림 속 여자는 빈 사교계 최고의 스타였다. 그녀의 남편 페르디난트 블로흐-바우어는 빈의 이름난 부자이면서 클림트의 후원자였다. 그는 클림트에게 자신의 아내를 그려 달라고 주문했다. 당시 빈에서는 부자 유대인들이 아내와 자식들의 초상화를 주문 제작하는 것이 유행이었다. 시선을 압도하는 강렬한 흑발, 아름답고 지적인 눈빛, 창백한

56

that came to my mind was what and how I should write it. There was not much that I knew about my nephew, whom I met only once a month.

Lee Jae-yong is my nephew and the precious only son of my brother.

The little other information about him that I had was photos and video clips uploaded on our family group chat room at the Kakaotalk site. This site made it possible for us to send and receive scores of photos with a few clicks. Without Kakaotalk, I could not see even those photos easily.

My nephew likes mango shaved ice from Hotel Shilla, loves to wear a Burberry check coat, likes to add the prefix "*kkakka*" to the names of people close to him, plays at the golf practice range with *kkakka* grandma at the members-only fitness club Vantt once a day, prefers being pushed by his mom in a baby-size BMW mini-coupe to walking, likes Bensimon kids' blue shoes the best, and these days enjoys drawing...

While reflecting on these various details, I remembered Gustav Klimt's "Adele Bloch-Bauer I," a painting that feels supremely splendid and modern with its mixture of oil paints and gold. The model for this painting was *the* star of Viennese society. Her husband Ferdinand Bloch-Bauer was a well-

피부와 대조되는 분홍빛 뺨, 살짝 벌어진 관능적인 입술, 가늘고 긴 손목과 손가락……. 현대판〈모나리자〉와 같은 초상화라는 극찬과 함께 이 그림은 2006년 세계적인 미술 컬렉터 로널드 로더에게 1억 3,500달러(약 1,416억 4,000만 원)에 팔렸다. 당시 미술품 경매 사상 최고가였다.

페르디난트, 페르디난트, 페르디난트…….

오빠 회사는 서울에서 땅값이 비싸기로 유명한 강남구 도곡동에 있다. 하늘을 향해 높게 손을 뻗은 것처럼 고층빌딩에 있는 사무실, 기업분석 파일로 가득 찬 책장과 일렬로 나열된 네 개의 컴퓨터 모니터, 그리고 대형 통유리 밖으로 보이는 타워팰리스. 내 상상은 은밀하고 집요하다. 이 년 전 회사에 잠시 들렀던 때의 기억을 나는 최대한 세세하게 떠올린다. 이 글을 읽는 동안 사람들이 마치 그곳에 와 있는 것처럼 느끼게 해야 한다. 파일에 적힌 기업명의 필체까지 재현해낼 수 있다면 좋을 텐데.

사무실 풍경을 현실감 있게 묘사하는 대신 나는 오빠의 얼굴을 모자이크 처리한 것처럼 지워 버린다. 실제로 이목구비의 형체를 뭉갠다는 건 아니다. 다만 오빠

known and wealthy man and Klimt's patron. He ordered a painting of his wife. In Vienna at that time it was fashionable for wealthy Jewish patrons to have portraits of their wives and children custom-painted. Intense black hair that overwhelms the viewer, beautiful and intelligent eyes, pale skin and contrasting pink cheeks, slightly open, sensual lips, and thin and long wrists and fingers... Together with the high praise that it was like a modern version of "Mona Lisa," it sold for $135 million to the well-known art collector Ronald Roeder in 2006. It was the highest price in any art auction at that time.

Ferdinand, Ferdinand, Ferdinand...

My brother's company is located in Dogok-dong, Gangnam-gu, a place famous for its expensive land prices in Seoul. An office in a high-rise that looks like it's stretching a hand high up toward the sky, bookcases full of corporation analysis files and four computer monitors forming a straight line, and a large glass pane through which you can see the Samsung Tower Palace... My imagination is secretive and obsessive. I try to remember what I saw when I dropped by the company two years ago in as much detail as I can. I should make my readers feel as if they were in that building. It would be nice if I could remember the fonts in the names of

가 어떻게 생겼고 어떤 분위기를 풍기는지에 대한 정보를 일체 제공하지 않겠다는 것이다. 그건 오빠가 있던 자리에 다른 누가 들어가도 상관없다는 의미다. 누구나 한 명쯤은 딸이나 아들이 있고 나처럼 자식이 없는 사람일지라도 누구나 한 명쯤 소중한 사람을 가슴에 품고 살기 때문이다. 보고 있나, 말미잘!

잔뜩 긴장한 얼굴로 나는 오빠의 맞은편에 앉는다. 물론 내 외모에 대해서도 설명하지 않을 예정이다. 내 표정은 읽을 수 있지만 내가 누구인지는 알 수 없을 것이다. 이건 내 이야기이면서 다른 사람의 이야기이기도 하다. 나 말고도 오빠의 맞은편에 앉을 사람은 많다. 글을 쓰는 사람이라면 누구나 한 번쯤 써야 하는 글과 쓰고 싶은 글 사이에서 갈등하다 워런 버핏이 말한 '가격과 가치'의 간극을 경험하기 때문이다. 투자를 유치하는 펀드매니저가 된 것처럼 나는 입술이 바싹 마른다. 단어 하나가 머릿속에 자꾸 맴돈다. 저평가 우량주. 이건 한 글자당 오십 원짜리 내 소설을 가리키는 말이면서 하루가 다르게 성장하는 네 살배기 조카를 의미하는 말이기도 하다.

포토북은 마음에 들었어?

the companies in the files.

Instead of realistically depicting the office, I erase my brother's face as if pixelating it. I don't mean that I actually crush his facial features. I just will not offer any information about how he looks and feels. That also means it does not matter who is in his place. That is because everyone tends to have a child—a son or a daughter—or, even if they don't have one, like me, they live with one person cherished in their hearts. *Are you reading this, Malmijal?*

With an anxious face, I sit across from my brother. Of course, I am not planning to explain how I look. Although readers can read my facial expressions, they would not know who I am. This is both my and other people's story. There are many people other than me who would sit across from my brother. All people who want to write experience the gap between the price and the value that Warren Buffett mentioned, struggling between what they have to write and what they want to write. Like a fund manager who wants to invite investment, I feel my lips getting dry. A phrase keeps circling in my head: undervalued, superior stock. This is a phrase that points to my work, which sells at five cents a letter as well as to my four-year-old nephew who grows every day.

오빠는 가볍게 고개를 끄덕인다. 조카의 첫 생일을 맞이해 엄마는 베이비 포토북을 선물했다. 신생아실에서 찍은 사진부터 최근 청담동 퓨전 레스토랑에서 주꾸미 파스타를 먹는 사진까지 백 장을 편집해 한 권으로 묶은 사진첩이다. 오빠의 책상에는 버버리 체크 코트를 입고 있는 조카가 스와로브스키 액자 속에서 방긋 웃고 있다. 한결 편안한 마음으로 나는 다음 질문을 준비한다.

베이비 스토리텔링북이라고 들어봤어?

어린 시절 과자를 사러 가면 평소에 즐겨 먹던 농심 자갈치를 고르는 나와 달리 오빠는 늘 새로 나온 제품에 관심을 보였다. 베이비 포토북이 아이 사진을 편집해 만든 예쁜 사진첩이라면 베이비 스토리텔링북은 세상에서 단 하나뿐인 내 아이에 관한 이야기책이란 설명과 함께 그 책에 대한 정보를 나는 재빨리 덧붙인다.

근데 왜 이렇게 비싸? 포토북은 몇만 원인데.

천천히 나는 고개를 끄덕인다. 의구심이 드는 게 당연하다. 항상 낮은 가격을 지불하고 높은 가치를 얻는 것이 오빠의 투자비결이다. 사진 백 장을 모아 만든 한 권의 책이 이만팔천 원이다. 그런데 내가 말하는 이야기책은 그것의 몇십 배에 해당하는 가격이다.

Did you like the photo book?

My brother nods his head slightly. For my nephew's first birthday, my mom gave him a baby photo book. It is a photo album with 100 photos in it, from one taken in the newborn room to one taken recently, while he was eating octopus pasta at a fusion restaurant in Cheongdam-dong. On top of my brother's desk, my nephew is smiling in his Burberry check coat in a Swarovski frame. Feeling much more relaxed, I prepare for my next question.

Have you heard about a baby storytelling book?

During our childhood, unlike me, who always chose Nongshim Jagalchi snack, my brother would always show an interest in new items. I quickly explain that a baby storytelling book is the only storytelling book about the only child in the world, while a baby photo book is a pretty photo album that is made of edited photos of one's child.

But, why is it so expensive? A photo book costs only a few tens of dollars.

I nod slowly. It's natural that he wonders. It is his investment secret always to pay low and earn high. The price of a book with 100 photos is $28. But the price of the storybook I'm talking about is many times more than the photo album price.

It is not just a simple story.

이건 그냥 이야기가 아니야.

이 장면에서 나는 오랜 시간 고민한다. 이 글에서 가장 중요한 대목이다. 단순히 내가 앞으로 청탁을 받아 소설을 발표할 수 있는가 혹은 한 글자당 오십 원 이상의 원고료를 받을 수 있는가의 문제가 아니다. 이건 소설을 읽고 책을 구매하고 문학의 가치를 인정하는 사람들이 점점 줄어드는 상황에서 문학의 미래와 작가의 생존이 걸린 중대한 문제인 것이다. 마지막 판결을 앞둔 피고인의 심정으로 나는 고개를 돌려 방을 천천히 둘러본다. 우리은행 달력을 시작으로 후지필름 폴라로이드 카메라, 한미약품 인공누액, 종근당 장을 위한 생 유산균 7, 키엘 수분크림……. 백화점 진열대를 둘러보듯 내 시선은 제품군과 가격대에 구애받지 않고 막힘없이 움직인다. 미켈란젤로가 살던 시절에는 예술 장르의 구분도 없었다. 예술가란 이름으로 모두 통했다.

미켈란젤로는 말이야.

침착한 어조로 나는 이탈리아의 천재 예술가가 그린 그림에 얽힌 사연을 풀어놓는다. 1508년 교황 율리우스 2세는 로마의 성 베드로 대성당 재건축의 일환으로 천장화를 주문한다, 하지만 자신을 조각가로 생각한 미

I think very hard in this scene. It is the most important scene in this writing. It is not a simple matter of whether I can publish commissioned works in the future, or whether I will receive more than five cents per letter in a manuscript fee. This is a matter of life and death for writers and the future of literature in this era, when the number of people who read fiction, buy books, and value literature is decreasing. I slowly look around the room, like an accused before the final judgment. From the Woori Bank calendar to Fuji Film Polaroid camera, Hanmi Pharmaceutical's artificial tear, Jong-geundang live lactobacillus for intestines 7, and Kiehl's moisturizing cream... As if looking around the display cases in a department store, my eyes smoothly move around regardless of the category and price of merchandise. During the times of Michelangelo, there were no genres in the arts. All artists were just artists.

You know Michelangelo.

I calmly talk about stories regarding paintings by this Italian genius-artist. In 1508, Pope Julius II ordered a ceiling painting while renovating St. Peter's Cathedral in Rome. However, considering himself to be a sculptor, Michelangelo did not want to take on this project. Recommending Raffaello instead,

켈란젤로는 이 프로젝트를 맡는 것이 탐탁지 않았다. 그는 라파엘로를 추천하며 거절의 의사를 밝힌다. 하지만 교황은 그의 청을 들어주지 않았다. 결국 교황의 명령으로 그는 그 그림을 그리게 되었다는, 꽤 오래된 이야기.

그게 바로 시스티나 예배당 천장화야, 그 유명한.

여기까지 말하고 나서 나는 한 박자 쉰다. '명작 탄생'의 비화는 언제 누가 들어도 흥미로운 법이다. 불가피한 상황으로 인해 지금 내가 쓰고 있는 이 글도 누군가에겐 재미있는 이야기로 읽힐 날이 올 것이다. 작가가 실제로 겪은 일인지 아닌지 궁금해 하면서.

그런데 그 명작은 사실 미켈란젤로의 것이 아니야.

작품의 진위 여부는 유명한 그림에 이름표처럼 반드시 따라붙는다. 미술 경매에서 초고가에 거래되는 작품들에는 공통점이 있다. 활동한 시기도 다르고 작품 스타일도 다르지만 무엇보다 예술사에서 매우 중요한 가치를 지니고 있는 작가의 작품이란 점이다. 피카소, 워홀, 베이컨, 반 고흐 같은 작가들은 모두 기존의 예술 경향을 뒤엎고 새로운 시대를 연 선구자들이다. 하지만 무엇보다 그 작품의 출처가 명확하다. 해당 작품을 소

he refused the proposal. However, the pope did not accept it. In the end, Michelangelo ended up creating that ceiling painting because of the pope's order. It's a very old story.

That is the Sistine Chapel ceiling, that famous painting, you know.

At this point, I pause just one moment. The secret of how a renowned artistic piece was born cannot help being interesting to whoever listens to it. There will be a time when even this writing that I am working on now out of necessity becomes interesting to a reader. They will wonder whether this is autobiographical or not.

But that famous work is not really Michelangelo's.

The controversy about the genuineness of a work always accompanies famous paintings, like a nametag. Works that are traded at extremely expensive prices in art auctions share common characteristics. Although their time and artistic style are different, they are all works by artists who are historically important. Picasso, Warhol, Bacon, and Van Gogh are all pioneers who overturned previous artistic standards. Also, above all, the origins of their works are clear. The person or institution that owned their works are famous or trustworthy, their circulation processes clear, and their exhibition re-

장했던 사람이나 기관이 유명하거나 믿을 수 있고, 유통 과정이 분명하고, 전시 기록이 좋아야 한다.

제일 먼저 오빠가 내 머릿속에 떠오른 것도 그 이유에서였다. 100억을 투자하는 대신 다른 고객들보다 수수료를 할인해달라는 고객의 제안을 그는 단호하게 거절했다. 주식투자는 개인투자자가 주식회사의 소액주주로 참여해 그 수익을 나누는 것이다. 투자금의 규모에 따라 수수료가 달라진다면 소액주주로서 회사의 수익을 공평하게 나눠 가질 명분을 스스로 저버리는 행위라고 그는 거절의 배경을 밝혔다. '투자 장인'으로 불리는 오빠는 개처럼 벌어서 정승처럼 쓰는 것이 아니라 정승처럼 벌어서 정승처럼 쓰고 싶다는, 자신만의 투자 철학을 갖고 있었다. 자신은 비록 자본가의 포지션에 있지만 노동의 가치를 소중하게 생각하는 모범적인 자본가가 되고 싶다는 말로 그는 한국경제 TV의 인터뷰를 끝마쳤다. 오빠는 분명 가난한 예술가의 자존심을 지켜줄 수 있는 사람이었다.

내 말은 그 그림을 미켈란젤로 혼자 그린 게 아니란 말이야. 교황이 지시를 내리지 않았다면 미켈란젤로는 그 그림을 그리지 않았을 거야. 자신을 조각가라고 생

cords excellent.

Those were the reasons why I thought of my brother first. He resolutely rejected the proposal of a customer who asked him to discount the commission fee because he would invest as large a sum as $10 million. My brother explained the reason for this decision: stock investment means that individual investors participate in a joint-stock corporation as minority shareholders and divide up the profit from it. If the rate of the commission fee changed according to the size of the investment, it would mean giving up the cause of equally dividing the profit among minority shareholders. My brother, who was called an "investment guru," had his unique investment philosophy: that he would like to spend money "like a prime minister" by "making it like a prime minister," instead of "spending it like a prime minister after making it like a dog," as the traditional saying goes. He finished his interview at the Korean Economy TV by saying that, although he was a capitalist, he wanted to become a model capitalist who valued labor dearly. He was clearly a person who could respect the pride and dignity of a poor artist.

What I'm telling you is that Michelangelo did not create that painting alone. Without the Pope's order, he would

각했으니까.

나 역시 오빠가 옆에 없었다면 지금 쓰고 있는 이런 글을 써야겠다는 생각조차 하지 못했을 거였다. 여느 소설가의 눈에 이건 소설이 아닐 것이다. 하지만 보이지 않는 것을 보는 것, 바로 그것이 예술이다. 나는 소설가이기 전에 예술가다. 내 목소리에는 어느새 힘이 잔뜩 들어가 있다. 돈에 대한 고결한 그의 신념이 예술을 구원할 수 있을 것이다. 자본주의 시대의 종교는 돈이다. 중세의 절정에서 르네상스의 시작을 알린 미켈란젤로처럼 이 글은 가장 반(反)예술적인 모습으로 문학의 본질을 되새겨보는 계기를 제공할 것이다.

교황이 없었다면 우리는 세계의 명화를 감상할 기회를 얻지 못했을 거란 얘기야.

더 이상 나는 원고청탁이 들어오기만을 기다리는 소극적이고 나태한 예술가로 살고 싶지 않았다. 한 글자당 오십 원짜리 소설. 그건 시대가 요구하는 예술과 시대를 필요로 하는 예술을 모두 배신하는 것이다. 내 생각은 다이아몬드의 탄소 배열처럼 점점 은밀하고 집요해져 갔다.

페르디난트와 클림트, 교황 율리우스 2세와 미켈란젤

not have painted it, because he considered himself a
sculptor.

Without my brother, I also would not have even
thought of this writing that I am working on now.
To the eyes of ordinary writer, this would not look
like a literary work. However, to see what is invisi-
ble—*that* is art. Before being a writer, I am an artist.
Without knowing it, I am stressing what I say. My
brother's noble philosophy about money could
save art. Religion in the age of capitalism is money.
Like Michelangelo, who announced the beginning
of the Renaissance at the height of the Middle
Ages, this writing of mine will offer the opportunity
to reflect on the nature of literature in a most anti-
artistic way.

What I'm saying is that without the Pope, we would not
have the opportunity to appreciate Michelangelo's world-
renowned painting today.

I no longer want to live as a passive and lazy art-
ist, who is just waiting for commissioned work. A
short story worth five cents per letter—that is a
betrayal of both the art that the times demand and
the art that needs the times. My thoughts have be-
come gradually more secretive and obsessive, like
the carbon arrangement in a diamond.

Ferdinand and Klimt, Pope Julius II and Michelan-

로, 그리고 로널드 로더.

그 관계에 관해 나는 애써 설명하지 않는다. 대신 오빠를 만나기 전에 구입해서 읽었던 워런 버핏 책의 한 구절을 슬쩍 인용한다. 역사를 통해 배울 수 있는 것은 아이러니하게도, 사람들은 역사를 통해 아무것도 배우지 않는다는 것이다. 전자상거래가 활성화될 무렵 모두가 관련 주식에 투자할 때 오빠는 택배회사에 관심을 가졌다. 인터넷의 대중화로 상거래가 온라인으로 확대될 경우 주문 상품을 배송하는 택배회사 매출이 높아질 거란 걸 예상한 것이다. 포토북이 아이의 과거를 보여주는 거라면 베이비 스토리텔링북은 미래를 보여주는 거라는 말을 나는 속으로 삼킨다. 대신 자리에서 일어나 기업분석 파일이 빼곡하게 꽂힌 책장으로 다가간다. 그중 하나를 꺼내 펼친다. 애널리스트와 펀드매니저에게 주목받지 못했지만 오빠에 의해 발견된 저평가 우량주의 목록이 적혀 있다.

이게 바로 패트런 노벨(Patron Novel)이란 건데…….

이 글은 '이재용, 단 한 사람을 위한 소설'이다. 하지만 단순히 조카만을 위한 글은 아니다.

조만간 성장소설이나 역사소설과 같은 소설의 세부

gelo, and Ronald Roeder.

I do not try very hard to explain their relationships. Instead, I quietly quote a phrase from Warren Buffett's book that I had purchased and read before I came to see my brother. What we learn from history is, ironically, that people do not learn from history. Around the time when electronic commerce was active and everyone was investing in electronic commerce-related stocks, my brother took an interest in door-to-door delivery service companies. He anticipated that their sales would go up when electronic commerce spread due to the popularization of the Internet. I swallow the sentence in my mind: if a photo book shows the past of a child, a baby storytelling book shows his future. Instead, I stand up and go to the bookshelf full of corporation analysis files. I take out and open one of them. It shows a list of undervalued, superior stocks that analysts and fund managers did not pay attention to, but my brother discovered.

This is what is called a "patron novel," you know...

This writing is "A Short Story for Only One Person, Lee Jae-yong." But it is not a story for my nephew only.

This will become a sub-genre, like buildungsroman or the historical novel, sooner or later. A piece of a "patron novel" will always be included in an author's short-story

장르가 될 거야. 작가들이 단편집을 한 권 출간할 때마다 한 편씩 꼭 들어가게 될 거고. 작가의 말처럼.

지금 이 글을 읽고 있는 사람이라면 내가 마지막 페이지까지 다 쓰고 나서 무엇을 할지 짐작할 수 있을 것이다. 내 소설 속 등장인물은 클림트와 미켈란젤로지만 그들을 소설가나 시인으로 바꿔도 아무런 문제가 없다. 미술관에서 구스타프 클림트의 그림을 감상하듯 이미 사람들은 책을 소유하지 않고 도서관에서 빌려 보고 있다. 소수의 전유물로 전락한 문학. 조만간 후원 없이는 출판이 불가능한 상황이 올 것이다. 역사는 반복된다고 믿는 워런 버핏이 세계 최고의 부자로 살고 있는 세상에서 책 한 권 내지 못한 신인소설가가 할 수 있는 일이 딱 하나 있다.

글이 완성되어 간다.

이제 오빠를 만나러 가야 할 시간이다.

이 글에는 이재용이란 이름이 총 열여덟 번 등장한다.

후원 받아 그린 그림에 자신의 서명을 몰래 남기는 중세 초상화가처럼 나는 소설 속에 흔적을 남기기로 한다. 소설 끝에 덧붙인 하나의 문장이 이 글의 작가가 '나'라는 것을 증명해줄 것이다.

collection. You know, like the author's remarks.

All people who are reading this short story could guess what I would do after I finish writing this piece. The characters in this short story like Klimt and Michelangelo can easily be exchanged with a novelist or a poet. As people enjoy Gustav Klimt's paintings in a museum, they are borrowing books from the library to read instead of buying them to own. Literature has been reduced to the possession of a small minority. Sooner or later, publication will be impossible without patronage. In the world where Warren Buffett, who believes that history repeats itself, is the world' richest person, there is only one thing a newly debuted writer without a single published book can do.

My short story is nearing its completion.

Now it is about time to visit my brother.

In this short story, the name Lee Jae-yong appears a total of 18 times.

Like a portrait painter in the Middle Ages, who secretly leaves his signature in the paintings made thanks to patronage, I decide to leave my trace in this short story. A sentence that I add at the end of this short story will prove that the author of this short story is me.

This short story contains indirect advertisements.

이 소설은 간접광고를 포함하고 있습니다.

창작노트
Writer's Note

삶은 언제 예술이 되는가. 삶은 어떻게 예술이 되는가. 무엇보다 삶은 '왜' 예술이 되어야 하는가에 대해 나는 아직 답을 얻지 못했다. 답을 알면서도 애써 외면하고 있는지 모른다. 여전히 나에게는 용기란 게 없다. 하지만 용기가 없다고 말할 만큼의 용기는 있다. 오늘도 나는 자신이 작가임을 잊지 않고 있다. 치즈케이크가 먹고 싶다. 그러니까, 이 소설은 치즈케이크에 대한 이야기다.

When does life become art? How does life become art? Above all, I still don't know an answer to the question *why* life should become art. I might be trying very hard to ignore the answer even though I know it. I still lack the thing called courage. But at least I have the courage to say that I lack courage. Even now, I don't forget that I am a writer. I feel like eating a cheesecake. In other words, this short story is about a cheesecake.

해설
Commentary

세상에서 가장 근본적(radical)인 소설

이경재 (문학평론가)

김민정의『세상에서 가장 비싼 소설』은 근본적(radical)이다. 이때의 근본적이란 작품이 담고 있는 세계인식이나 표현방식에 근거한 규정이라기보다는, 소설의 가치와 소설가의 존재방식이라는 작가로서의 자의식이라는 차원에서 비롯되는 것이다. 문학과 관련해 '과거의 것'이 끝났다는 것은 모두가 공감하지만 다가올 '미래의 것'이 무엇인지는 쉽게 말하기 어려운 지금의 상황에서,『세상에서 가장 비싼 소설』은 문학 패러다임에 대한 성찰을 이끌어내는 작품이다.

이 작품의 제목에 사용된 '비싼'이라는 단어는 처음 교환가치를 의미하는 것으로 시작해 나중에는 돈으로 환

The World's Most Radical Story

Lee Kyung-jae (literary critic)

Kim Min-jung's short story "The World's Most Expensive Novel" is radical. It is radical not in its worldview or its style, but in its attitude toward the value of literature and an author's mode of existence. Currently, everyone seems to agree that the past modes of literature are over—yet finds it hard to define what lies ahead for literature. In the midst of this situation, "The World's Most Expensive Novel" demands that we reflect on the existing paradigm of literature.

Although the word "expensive" in its title indicates an exchange value, the word gradually changes its meaning to the value of literature as unable to be reduced to monetary value. The pro-

산 불가능한 문학적 가치를 의미하는 것으로 변모되어 나간다. 이 변모의 과정이야말로 이 작품이 가진 고민과 성찰의 두께에 해당한다. 지금까지 한국문학사에 존재 했던 작가란 이야기꾼이기 이전에 사상가나 지식인으로서의 성격을 지녔다고 할 수 있다. 그것은 순탄치 않았던 한국의 현대사가 문학에 강제한 것으로서, 작가에게는 늘 시대를 대표하는 비판적 지성으로서의 역할이 기대되고는 했던 것이다. 이때 비판의 대상은 제국주의 세력일 수도 있었고, 전쟁과 분단일 수도 있었다. 그러나 가장 보편성을 갖는 비판적 의식은 현대 사회의 근본원리라고 할 수 있는 자본의 논리를 향한 것이었다.

『세상에서 가장 비싼 소설』의 문을 열고 들어갈 때, 가장 먼저 가슴에 새겨야 할 것은 이 작품이 철저한 반어 위에 서 있다는 것이다. 그것은 미묘한 가학과 자학의 틈바구니에 서 있다는 말이기도 한데, 문학을 모욕하는 듯한 제스처 속에는 끝내 포기할 수 없는 문학에의 소명의식이 가득하다. 동시에 문학이 자본에 백기투항했을 때, 돌아올 폐허와도 같은 결과를 통하여 문학이 끝내 놓쳐서는 안 될 가치를 자연스럽게 떠올리도록 만드는 것이다.

cess of this change within the story suggests the depth of the author's reflection on this matter. Until now, in the history of Korean literature, a writer has existed, above all, as a thinker and an intellectual—even before being a storyteller. As a result of a difficult modern Korean history, people expect from a writer the role of a critical intellectual. The object of the writer's criticism could be imperialist power or war and division. However, the most universal target for a writer's criticism might be capitalist logic as the fundamental principle of a modern society.

When we enter the world of "The World's Most Expensive Novel," we should always remember its firm structure of irony. Furthermore, it also exists in the space between sadism and masochism. Inside this gesture, which appears to insult literature, there is the sense of a mission on behalf of literature, which the author cannot give up. By showing the wasteland that would result from literature's absolute surrender to economic life, the story leads its reader naturally to remember the alternative nonmonetary value that literature should never give up.

In this short story, literature obediently allows itself to be embraced by capital, rather than oppos-

이 작품에서 문학은 자본을 향해 예리한 각을 세운다 기보다는 자본의 품에 얌전히 안기는 모습을 보여준다. 이 기본적인 논조는 앞에서 말한 반어의 맥락 위에 서 있음을 명심해야 한다. 이 작품의 주인공 '나'는 "자신의 존재가치"를 철저히 교환가치로 인정하는 새로운 유형 의 소설가이다. '나'의 작가관은 등단 시상식의 수상소 감에서부터 분명하게 나타난다. 등단을 "취직"으로 받 아들이는 '나'는 스스로를 자기 경영에 능숙한 자본가라 고 생각한다. "작가란, 본래 1인 기업이라서 작가 자신 이 사장이면서 과장, 말단 사원일 뿐 아니라 투자해야 할 자본금이면서 팔아야 할 상품이라는 것을 잘 알고 있"는 사람인 것이다. 그렇기에 "마음속에서 자신이 작 가란 것을 잊어버리는 순간, 불량품을 생산하고 회사도 망하게" 된다. '나'에게 피로 쓴 원고지 위의 한 글자는 "오십 원"으로 환산될 뿐이다. 이 작품의 상당 부분은 '내'가 가진 이러한 자본가로서의 작가상을 보여주는 데 할애되어 있다. 집필 진행 상황을 묻는 엄마에게, '나'는 "영업사원한테 실적 물어보는 건 실례지"라고 말하는 식이다. 유능한 자본가가 그러하듯이, '나'는 "담배를 피 우는 대신 나는 롯데 제주감귤 주스"를 마시는 것처럼

ing it. But, as mentioned earlier, we must remember that this attitude stands within the framework of irony. The narrator of this short story is a new type of writer, who entirely accepts that the value of her existence is its exchange value. Her view of a writer is clearly articulated in her award acceptance speech. Recognizing her literary debut as "getting a job," she considers herself to be a capitalist who skillfully manages herself: "I know very well that a writer is a one-man company, in which he or she is the CEO and office clerk, as well as the funds to be invested and the merchandise to be sold, all at the same time." A letter on her manuscript that she writes with all her might is reduced to five cents. A significant portion of this short story is dedicated to showing this view of the writer as a capitalist. When her mother asks her how her writing is going, she answers: "It's impolite to ask a sales rep how much she has sold." Like a competent capitalist, she controls herself painstakingly, for instance, drinking Lotte Jeju tangerine juice instead of smoking a cigarette. Her Ph.D., which she received the previous winter, is explained as being the result of a $60,000 payment, including her college tuition.

Beside this narrator, who does not get a com-

자기관리에도 철저하다. 지난겨울 취득한 문예창작학 박사학위는 학부까지 포함한다면 "육천만 원을 지불"한 결과물로서 설명된다.

글자당 오십 원에 불과한 소설마저도 청탁 받지 못하는 '나'의 옆에는 자신과는 너무나 대조적인 오빠가 있다. '나'의 오빠는 대학 재학 중 투자자문사를 설립했고, 몇 년 후에는 투자금 천억을 달성한 능력자이다. 지금도 삼십 대 중반의 나이에 천억 원을 운용하는 투자자문사 대표로서 타의 추종을 불허하는 실적을 올리고 있다. "성공한 금융맨과 연봉제로의 신인소설가"라는 이분법은 '가진 자에 대한 비판'이라는 한국문학사의 오래된 주제의식을 자연스럽게 떠올리도록 한다. 그러나 이 작품은 거의 정확하게 기존의 이분법과는 정반대 지점에 놓여 있다. '성공한 금융맨'과 '연봉제로의 신인소설가'는 그들이 다루는 소재가 다를 뿐이지 본질에 있어서는 별반 차이가 없는 사람들이다. 소설가에게 꼭 필요한 "소설을 읽어줄 독자"와 "소설의 밑거름이 되는 이야기"는, 오빠에게는 각각 "투자할 고객"과 "자본"에 해당한다. 자본의 가치라는 공통분모를 두고 판단할 때, '나'는 오빠보다 열등한 존재일 수밖에 없다. 오빠가 번 십

missioned work at even the rate of five cents per letter, there is her brother, who appears to be the opposite of her. A person of great ability, he founds an investment consulting firm during college and achieves a one-billion-dollar investment fund in only a few years. At the time of the short story, he enjoys unparalleled success as the CEO of an investment-consulting firm that manages several billion-dollar funds. This binary opposition between a successful financial man and a newly debuted writer with a $0 annual salary naturally reminds us of a familiar theme in Korean literature, that is, the theme of criticism directed toward the haves. However, this short story's apparent binary opposition is antithetical to this familiar scheme. Both the successful financial man and the newly debuted writer share the same essential characteristics, although their media might be different. The reader and the story, both essential elements for the writer, are equivalent to investors and capital to the financial manager brother. When judged according to the common denominator of the value generated by the capital, the narrator is inevitably inferior to her brother. It is not even easy to calculate how much she, who makes five cents per letter, has to write to make the $1.54 million that her

오억사천만 원이란 돈을 벌기 위해서, 한 글자당 오십 원을 버는 '내'가 써야 할 글의 양은 계산조차 쉽게 되지 않는 것이다. 그러하기에 오빠는 "금 그 자체"에, 소설을 쓰는 '나'는 더럽고 깨지기 쉬운 "석탄"에 비유되는 것도 그다지 놀라운 일은 아니다.

이제 오빠는 창공의 별처럼 '내'가 추종해야 할 빛나는 하나의 지표가 된다. 오빠는 내가 소설가로서 따라야 할 모범적인 삶의 방식을 체현한 존재이기 때문이다. 문학을 금융에 빗대는 차원을 넘어서 금융은 문학의 전범으로까지 격상되고 오빠는 이제 이상적인 예술가가 된다. 워런 버핏의 투자원칙이 그러하듯이 오빠도 "항상 낮은 가격을 지불하고 높은 가치를 얻는 것"에 능숙한 사람인데, 그것은 "'눈에 보이는 것(가격-필자)보다 보이지 않는 것(가치-필자)'을 중요시" 하는 일에 해당한다. "보이지 않는 것을 보는 것"이 바로 "소설"이기에, '나'에게 오빠는 누구보다 훌륭한 소설가일 수 있는 것이다.

이제 '나'는 오빠를 통해 소설가로서의 자기 인생을 구원받고자 한다. 오빠는 "자본가의 포지션에 있지만 노동의 가치를 소중하게 생각하는 모범적인 자본가"이며, 그렇기에 '나'는 오빠가 "분명 가난한 예술가의 자존심

brother makes. It is no wonder that she compares herself to "dirty" and "fragile" coal while comparing her brother to "gold itself."

Therefore, to the narrator, her brother becomes a goal that she should pursue, like a star in the sky. He is a person who embodies an exemplary way of life that the narrator as a writer should follow. In this short story, literature is not simply compared to finance—finance is also elevated to the level of the model for literature, and her brother is an ideal artist. Like Warren Buffett, the narrator's brother is someone good at paying low prices and getting high values, that is, he "prefer[s] the invisible to the visible." If "the visible" here is the price, "the invisible" is the value. As "see[ing] what is invisible" is literature, the narrator deems her brother a supreme writer.

Based on this understanding, the narrator tries to save her life as a writer through her brother. Although her brother is a capitalist, he is "a model capitalist who value[s] labor dearly" and therefore, the narrator trusts that he is "a person who could respect the pride and dignity of a poor artist." The method of her saving that the narrator comes up with is to write a "patron novel." A patron novel is a novel written for a patron and the narrator's patron

을 지켜줄 수 있는 사람"이라고 확신하는 것이다. '나'는 구원의 방법으로 "패트런 노벨(Patron Novel)"을 창작하고자 한다. 패트런 노벨은 패트런을 위해 쓰는 소설이라고 할 수 있으며, '나'의 패트런은 바로 유능한 오빠이다. '나'는 "오빠의 단 하나뿐인 소중한 아들", 즉 조카 이재용에 대한 소설을 써서 오빠에게 판매하고자 하는 것이다. 패트런 노벨을 쓰는 일은 "소설을 읽고 책을 구매하고 문학의 가치를 인정하는 사람들이 점점 줄어드는 상황에서 문학의 미래와 작가의 생존이 걸린 중대한 문제"로 거창하게 의미부여가 된다.

능력 있는 금융맨이며, 동시에 예술가이자, 나아가 도덕성까지 갖추어 "교황"에 비유할 수 있는 오빠라면 충분히 '내'가 쓰는 소설을 가장 비싼 값으로 사줄 수도 있을 것이다. 이 작품에서는 패트런 소설의 성공을 뒷받침하는 구체적 사례로, 구스타프 클림트가 빈 사교계의 거부였던 페르디난트 블로흐-바우어의 주문을 받고 그린 〈아델레 블로흐-바우어의 초상 1〉을 들고 있다. 이 그림은 2006년 미술품 경매 사상 최고가에 거래된 사실이 증명하듯이 지금까지도 생명력을 인정받고 있다는 것이다. 그러나 여기서 잊지 말아야 할 것은, 〈아델

is to be her talented brother. She wants to write a novel about her brother's precious only son, Lee Jae-yong, and sell it to her brother. To her, this act of writing a patron novel has a grand meaning: "This is a matter of life and death for writers and the future of literature in this era, when the number of people who read fiction, buy books, and value literature is decreasing."

The narrator's brother, a talented financial man, artist, and ethical person, who can be compared to the Pope, can buy her novel at the most expensive price. In this short story, the example that the narrator takes as supporting her argument of the success of a patron novel is "Adele Bloch-Bauer I," a painting that Gustav Klimt made on the order of Ferdinand Bloch-Bauer, a wealthy and powerful society figure in Vienna. She argues that this painting enjoys a lasting artistic life, as proven by the fact that it was sold at the historical highest price at an art auction. But, here we should not forget the fact that the artistic value of the painting "Adele Bloch-Bauer I" is recognized not because it was an expensive portrait of a wealthy woman, but because it was "a painting that felt supremely splendid and modern with its mixture of oil paints and gold."

Above all, the most important issue is whether

레 블로흐-바우어의 초상 1〉이 예술 작품으로 오늘날까지 존재할 수 있는 이유가 "유화와 금을 섞어 그려 더없이 화려하고 현대적인 느낌을 주는 그림"이라는 점 때문이지, 결코 부자의 아내를 모델로 했다는 사실에 있는 것은 아니라는 점이다.

무엇보다 가장 중요한 문제는 패트런의 존재가능성이다. 과연 능력 있는 금융맨이자, 예술가이자, 나아가 도덕성까지 갖춘 오빠가 아니라도 '청탁 받지 못하는 신인 작가'의 패트런이 될 수 있을까? '나'는 "누구나 한 명쯤은 딸이나 아들이 있고 나처럼 자식이 없는 사람일지라도 누구나 한 명쯤 소중한 사람을 가슴에 품고 살기 때문"에, "오빠가 있던 자리에 다른 누가 들어가도 상관없다"고 이야기한다. 그러나 가슴에 품은 소중한 사람을 위하는 방식이 그 사람을 다룬 소설에 대한 비싼 구매로 이어진다고 보장할 수는 없다. 이와 관련해 오빠가 '패트런 소설'을 구입할 것인지가 분명하게 드러나지 않는다는 점은 무언가 징후적이다.

『세상에서 가장 비싼 소설』에서 '내'가 패트런 소설의 성공 가능성(판매 가능성)을 확신하는 이유는 이 작품에 드러난 오빠가 사실상 자기 자신에 불과하기 때문일 수

there can be a patron or not. Would it be possible for someone other than a brother, a talented financial man, artist, and ethical person, to become the patron of a newly debuted writer who does not get commissioned work? The narrator says: "[I]t does not matter who is in his [the narrator's brother's] place. That is because everyone tends to have a child—a son or a daughter—or, even if they don't have one, like me, they live with one person cherished in their hearts." However, there is no guarantee that people would buy an expensive novel about the person they cherish. In relation to this point, it is quite suggestive that this short story does not make it clear whether the narrator's brother will buy the patron novel or not.

In this story, the reason why the narrator is convinced that her patron novel will be successful is that her brother in fact could be the narrator herself. In it, we cannot feel a minimal sense of distance, which should exist between siblings, between the narrator and her brother. It is no exaggeration to say that the narrator and her brother are almost one and the same. The name "Lee Jae-yong" that appears eighteen times in this short story, appears in the story for the first time as "a man who could have become my lifelong com-

도 있다. '나'와 오빠 사이에는 육친 사이에도 존재하기 마련인 최소한의 거리감도 존재하지 않으며, 이 위대한 오빠는 '나'와 일체화되어 있다고 해도 과언이 아니다. 이 작품에서 열여덟 번이나 등장하는 "이.재.용."이라는 말이 처음 등장하는 것은 '내'가 "인생의 동반자가 될 뻔했던 남자"를 떠올릴 때다. '나'는 "그를 닮은 아이를 낳고 싶었다."고 한 후, 종이에 대고 처음으로 "이.재.용."이라는 이름을 썼던 것이다. 이재용이 조카의 이름이라는 것을 떠올려 본다면, 이 순간 '오빠=나', '조카=나의 자식'이라는 구도가 성립한다고 말할 수도 있다. 결코 '나'일 수는 없는 오빠가 "근데 왜 이렇게 비싸?"라는 자신의 불만도 잊은 채, 패트런 소설을 구매할지는 고민해보아야 할 문제이다.

역사적으로 패트런을 위한 글을 쓰고, 그로부터 자신의 삶을 유지해나가는 작가의 존재방식은 그 전통이 매우 오래된 것이다. 18세기 이전의 작가들이란 자신들의 생존을 해결해주는 지배 계층(패트런)의 이념과 도덕을 그가 속한 사회에 확대 전파하는 일을 맡은 사람들이었다고 할 수 있다. 그러나 그들을 보호해주던 패트런들은 부르주아지에 의해 해체되기 시작했고, 물질적 궁핍

panion." After writing the sentence, "I had wanted to have a child that looked like him," she writes the name "Lee Jae-yong" for the first time on a piece of paper. If we consider that it is also her nephew's name, then we might be able to say equations like "the narrator = her brother" and "her (hoped-for) child = her nephew" can be established. However, whether her brother, who can never be her, will really purchase the patron novel, forgetting his complaint—"But, why is it so expensive?"—is not a matter of fact.

Historically, the way a writer exists and subsists through writing for a patron has a long tradition. Before the 18th century, we can consider that writers were individuals who took charge of the task of spreading the ideology and ethics of the ruling class, who took care of their livelihoods, among the entire society. However, patrons began to be dissolved with the emergence of the bourgeoisie, and writers, who acquired freedom in exchange for destitution, began modern writing that prioritized the writers' own unique characteristics and imagination. These so-called condemned writers acquired independence to write "for themselves if they don't know for whom and why they should

대신 자유를 얻은 작가들은 고유한 개성과 상상력을 제일의적 조건으로 삼는 현대적 글쓰기를 시작하게 되었다. 소위 '저주받은' 작가들은 자신의 하찮음을 뚜렷하게 느끼면서, "누구를 위하여, 왜 써야 하는지를 알 수 없다면 자신을 위해서"● 쓰겠다는 독자성을 획득하게 된 것이다. '패트런 소설'을 극복하며 비로소 시작된 현대 소설은 자본의 질서가 사회의 구석구석을 지배한 오늘날 다시 '패트런 소설'을 하나의 지향점으로 삼는 소설을 창작하는 단계에까지 이르렀다. 이것은 글쓰기라는 '직업'을 하나의 '저주받은 업'으로 여기게 된 역사의 과정을, 거꾸로 되돌리는 작업에 해당한다고 할 수 있다. 그러나 문학만큼 삶(생활)도 소중한 것일 수 있다면, '패트런 소설' 역시 얼마든지 문학이 나아갈 하나의 방향일 수 있다.

여기서 유의해야 할 점은 18세기 이전의 패트런들은 결코 '나'의 분신이나 육친이 아니었다는 점이다. 그들은 어디까지나 자신들의 현실적 힘의 근거인 이념과 도덕을 확대 전파하기 위하여 작가들을 필요로 했던 것이다. 그렇다면, 오늘날의 그 냉철한 자본가들이 자신들

● 김현, 『김현문학전집1』, 문학과지성사, 1991, 42쪽.

write,"* while acutely feeling their valuelessness. However, the modern novel that began by replacing the patron novel today arrives at a stage where it has to pursue a patron again, at the time when the capitalist order reaches every corner of society. We might say that this is a reversal of the historical process, where the job of writing becomes a sort of karma. However, if life is as precious as literature, the patron novel could also be one direction that literature can take in the future.

What we should remember at this juncture is that patrons before the 18th century were neither a writer's alter ego nor his or her family member. They needed writers in order to spread their ideology and morality as the basis of their real power. Then how effective would a novel today be as a means of spreading a cool-minded capitalist's ideology and morality? And if it is indeed effective, how did this absurd situation—the emergence of a patron novel—come about? By having us ask these questions, Kim Min-jung's "The World's Most Expensive Novel" can be viewed as a masterpiece that effectively materializes the narrator's stated intention: "[T]his writing of mine will offer the opportunity to reflect on the nature of literature in a most

●Kim Hyeon, *Collected Works of Kim Hyeon I* (Seoul: Munji, 1991), 42.

의 이념과 도덕을 확대 전파하기 위한 수단으로서 소설은 얼마만 한 효력을 지니고 있을까? 그 효력이 인정받을 만한 것이라면, 과연 '패트런 소설'의 등장이라는 어처구니없는 상황은 어떤 이유로 발생하게 된 것일까? 이런 질문들을 떠올리게 한다는 점에서, 김민정의『세상에서 가장 비싼 소설』은 작품 속의 '내'가 말한 "이 글은 가장 반(反)예술적인 모습으로 문학의 본질을 되새겨보는 계기를 제공할 것이다."라는 작의를 가장 효과적으로 실현한 명작이라고 부를 수 있을 것이다.

이 작품은 탄탄한 반어적 구조 위에서 문학이 자본의 논리에 휩쓸릴 수도 없으며, 휩쓸려서도 안 됨을 가장 뜨겁게 이야기하는 소설이다. 그렇다면 처음 이야기할 때 했던 필자의 말은 수정될 필요가 있다. 필자는 서두에서 김민정의『세상에서 가장 비싼 소설』이 근본적이며, 이러한 규정은 소설과 소설가의 존재방식을 질문하는 지점에서 발생한다고 이야기했다. 그러나 지금까지의 논의에 따를 때, 이 작품은 자본의 논리가 전일적 지배를 하고 있는 지금의 세상에 대한 발본적인 문제제기를 하고 있다는 점에서도, 동시에 그것을 탄탄한 반어적 구조 위에 펼쳐놓고 있다는 점에서도 근본적이라고

anti-artistic way."

Based on solidly ironic logic, the short story "The World's Most Expensive Novel" passionately argues that literature should not, must not, be swept up by the logic of capital. Therefore, perhaps my initial assertion in this article may need to be revised. In the beginning of the article I argued that the work's radicalness has to do only with its questioning of the mode of existence of literature and of the author. However, I realize that the work also raises a radical question about contemporary society, in which the logic of capital governs systematically and comprehensively. It does so in a solid structure of irony. Through Kim Min-jung's "The World's Most Expensive Novel," Korean literature acquires a clearer sense of its future.

말할 수 있다. 김민정의『세상에서 가장 비싼 소설』을 통하여 한국소설은 다가올 미래의 모습을 조금은 더 감각할 수 있게 되었다.

비평의 목소리
Critical Acclaim

K

이 소설이 집중적으로 조명하는 소재가 국제결혼이
나 다문화가정의 실태나 그를 둘러싼 편견과 차별, 혹
은 세계화와 이방인에 대한 환대와 같은 현대적 로맨티
시즘 같은 것은 아니다. 오히려 이 소설이 주목하는 것
은, '행복한 삶의 기본인 동시에 마지막 보루인 단란한
가정'이라는 환상과 경제구조의 밑바닥으로 한 계단씩
내려가는 노동자의 절망이 그리는 서글픈 곡선이다.
(중략) 누군가는 장편으로 조목조목 묘사했을 내용을
작가는 간명히 압축한다. 과장되고 가장되었다는 느낌
이 들지 않도록 최대한 뼈대라고 느껴지는 사건들만 언
급한다. 단란한 가정을 꿈꾸는 평범한 남자의 심리가

The subject matter that this short story [by Kim Min-jung] ("His Pregnancy") focuses on is neither international marriage and a multicultural family, nor prejudices and discriminations against them, nor a contemporary romanticizing of globalization and embracing of outsiders. Rather, it deals with the fantasy that a harmonious home is the basis and last fortress of a happy life, and pays attention to the sad downward curve that a desperate laborer makes, descending step by step toward the bottom of the economic structure... The author condenses what others might have made a novel through detailed representations. She depicts what feels like the minimal backbone of the matter, eliminating the

좌절되는 과정을 최대한 담담하고 간결한 단문으로 그려낸 이유는 과장된 신파나 격앙된 하소연이 되지 않도록 조심한 까닭이다. 인물들이 시대의 피해자임은 분명하지만, 그들도 역시 시대의 화려함을 함께 욕망한 자들이라는 것을 놓치지 않고 있기 때문일 것이다.

고은미, 「차세대예술인력 문학분야 2차 선정작 리뷰 —나와 나타샤와 안바르」, 한국문화예술위원회, 2013

possibility of a sense of exaggeration or artificiality. She depicts the process in which an average man's dream of a harmonious home is frustrated, using the most calm and concise, simple sentences, in order to avoid turning her story into exaggerated sentimentalism or enraged complaint. Although it is clear that her characters are victims of their times, she does not neglect the fact that they are also people who desire the splendor of those times.

Go Eun-mi, "Me, Natasha, and Anvar: Judge's Remarks for the Arts Council Korea's Next Generation Art Workforce Second Choice Winner Review in the Field of Literature", Arts Council Korea, 2013

「죽은 개의 식사 시간」은 이주노동자들이 겪는 현실의 문제를 치밀한 묘사와 에두르지 않는 정공법으로 충실하게 다루고 있다. 동시에 이 작품은 이주노동자가 겪는 고통이 곧 우리의 문제이기도 하다는 점을 충분히 사유하는 모습을 보여준다. 그것은 진봉의 고향 유하가 사라져가듯이, 사내가 죽어 있는 길음아파트도 하룻밤 사이에 "두세 개의 계절이 빠르게 지나가버린 것"처럼 변해가고 있기 때문이다. 또한 진봉의 아버지가 폐허가 된 동네에서 혼자 죽어갔듯이, 사내 역시 딸을 미국으로 이민 보내고 혼자 폐허가 된 아파트에서 죽어갔던 것이다. 유하와 진봉의 아버지가 그러했듯이, 길음아파트는 완전히 철거가 될 것이며 그 안에서 죽어간 남자 역시도 깨끗이 지워질 운명인 것이다. 김민정은 이주민에 대한 (비)동일시의 윤리적 상상력을 바탕으로 치밀한 묘사와 묵직한 주제의식이 빛나는 수작을 만들어 냈다.

이경재, 「진봉의 삶, 혹은 사내의 삶」, 『2014 젊은소설』,

문학나무, 2014

"A Dead Dog's Meal Time" solidly handles the problems that migrant workers experience through meticulous description and a direct approach. At the same time, this story shows in-depth reflection on the fact that migrant workers' pains are everyone's problem. This is captured through the situation where Gireum Apartment, in which a dead man lies, changes overnight, as if "several seasons quickly pass by," similar to the way Jinbong's hometown Yuha disappears. Also, as Jinbong's father dies alone in a ruined village, the man has also died alone in a ruined apartment, after his daughter immigrates to the United States. As Yuha and Jinbong's father are pushed away and disappear, Gireum Apartment will also be demolished, and the man who dies in it is also destined to be entirely forgotten. Kim Min-jung has created a masterpiece, shining with elaborate depictions and a solid subject matter, based on an ethical imagination of (dis) identification about migrant workers.

Lee Kyung-jae, "Jinbong's Life or the Man's Life", *Young Stories 2014*, Munhaknamu, 2014

K-픽션 015
세상에서 가장 비싼 소설

2016년 3월 28일 초판 1쇄 발행 | 2016년 5월 9일 초판 3쇄 발행

지은이 김민정 | 옮긴이 전승희 | 펴낸이 김재범
기획위원 전성태. 정은경. 이경재 | 책임편집 김형욱
편집 윤단비 | 관리 강초민 | 디자인 나루기획
인쇄·제책 AP프린팅 | 종이 한솔PNS
펴낸곳 (주)아시아 | 출판등록 2006년 1월 27일 제406-2006-000004호
주소 경기도 파주시 회동길 445(서울 사무소: 서울특별시 동작구 서달로 161-1 3층)
전화 02.821.5055 | 팩스 02.821.5057 | 홈페이지 www.bookasia.org
ISBN 979-11-5662-173-7(set) | 979-11-5662-187-4(04810)
값은 뒤표지에 있습니다.

K-Fiction 015
The World's Most Expensive Novel

Written by Kim Min-jung I **Translated by** Jeon Seung-hee
Published by ASIA Publishers I 445, Hoedong-gil, Paju-si, Gyeonggi-do, Korea
(Seoul Office:161-1, Seodal-ro, Dongjak-gu, Seoul, Korea)
Homepage Address www.bookasia.org I **Tel**. (822).821.5055 I **Fax**. (822).821.5057
First published in Korea by ASIA Publishers 2016
ISBN 979-11-5662-173-7(set) | 979-11-5662-187-4(04810)

바이링궐 에디션 한국 대표 소설

한국문학의 가장 중요하고 첨예한 문제의식을 가진 작가들의 대표작을 주제별로 선정!
하버드 한국학 연구원 및 세계 각국의 한국문학 전문 번역진이 참여한 번역 시리즈!
미국 하버드대학교와 컬럼비아대학교 동아시아학과, 캐나다 브리티시컬럼비아대학교 아시아
학과 등 해외 대학에서 교재로 채택!

바이링궐 에디션 한국 대표 소설 set 1

분단 Division

01 병신과 머저리-이청준 The Wounded-Yi Cheong-jun
02 어둠의 혼-김원일 Soul of Darkness-Kim Won-il
03 순이삼촌-현기영 Sun-i Samch'on-Hyun Ki-young
04 엄마의 말뚝 1-박완서 Mother's Stake I-Park Wan-suh
05 유형의 땅-조정래 The Land of the Banished-Jo Jung-rae

산업화 Industrialization

06 무진기행-김승옥 Record of a Journey to Mujin-Kim Seung-ok
07 삼포 가는 길-황석영 The Road to Sampo-Hwang Sok-yong
08 아홉 켤레의 구두로 남은 사내-윤흥길 The Man Who Was Left as Nine Pairs
    of Shoes-Yun Heung-gil
09 돌아온 우리의 친구-신상웅 Our Friend's Homecoming-Shin Sang-ung
10 원미동 시인-양귀자 The Poet of Wŏnmi-dong-Yang Kwi-ja

여성 Women

11 중국인 거리-오정희 Chinatown-Oh Jung-hee
12 풍금이 있던 자리-신경숙 The Place Where the Harmonium Was-Shin
    Kyung-sook
13 하나코는 없다-최윤 The Last of Hanak'o-Ch'oe Yun
14 인간에 대한 예의-공지영 Human Decency-Gong Ji-young
15 빈처-은희경 Poor Man's Wife-Eun Hee-kyung

바이링궐 에디션 한국 대표 소설 set 2

자유 Liberty

16 필론의 돼지-이문열 Pilon's Pig-Yi Mun-yol
17 슬로우 불릿-이대환 Slow Bullet-Lee Dae-hwan
18 직선과 독가스-임철우 Straight Lines and Poison Gas-Lim Chul-woo
19 깃발-홍희담 The Flag-Hong Hee-dam
20 새벽 출정-방현석 Off to Battle at Dawn-Bang Hyeon-seok

최근에 발표된 단편소설 중 가장 우수하고 흥미로운 작품을 엄선하여 출간하는 〈K-픽션〉은 한국문학의 생생한 현장을 국내외 독자들과 실시간으로 공유하고자 기획되었습니다. 원작의 재미와 품격을 최대한 살린 〈K-픽션〉 시리즈는 매 계절마다 새로운 작품을 선보입니다.